思想引领

共青团中国政法大学委员会
思想引领系列丛书

"CUPL正能量"
人物访谈活动报道合集（Ⅴ）

CUPL
ZHENGNENGLIANG
renwu fangtan huodong baodao heji （Ⅴ）

共青团中国政法大学委员会◎编

孙　璐◎主　编

黄子洋◎副主编

中国政法大学出版社

2024·北京

图书在版编目（ＣＩＰ）数据

"CUPL 正能量"人物访谈活动报道合集.Ⅴ/共青团中国政法大学委员会编.—北京：中国政法大学出版社，2024.3

ISBN 978-7-5764-1381-6

Ⅰ.①C… Ⅱ.①共… Ⅲ.①新闻报道－作品集－中国－当代 Ⅳ.①I253

中国国家版本馆 CIP 数据核字（2024）第 056928 号

出 版 者	中国政法大学出版社
地 址	北京市海淀区西土城路 25 号
邮寄地址	北京 100088 信箱 8034 分箱　邮编 100088
网 址	http://www.cuplpress.com（网络实名：中国政法大学出版社）
电 话	010-58908285(总编室) 58908433 （编辑部） 58908334(邮购部)
承 印	固安华明印业有限公司
开 本	720mm×960 mm　1/16
印 张	18.5
字 数	220 千字
版 次	2024 年 3 月第 1 版
印 次	2024 年 3 月第 1 次印刷
定 价	85.00 元

前　言

岁月不居，时节如流，与"CUPL 正能量"相伴的十年间，一个个延续着激情、初心与正能量的人物与故事，让玉兰花下闪烁爱意，军都山前涌动温暖。十年磨一剑，250 期"CUPL 正能量"，字字皆是法大人的独家记忆。

本书为"CUPL 正能量"人物访谈系列活动的第五本合集，收录了从 2020 年 5 月到 2021 年 9 月间，第 201 期到第 250 期的人物报道文章。"CUPL 正能量"人物访谈系列活动以"低门槛、高频率、接地气"为特征，通过发掘法大青年身边"人人可做、人人能做、做能做好"的"平凡小事"，成为大学校园主流文化的"创造者、发现者、表达者、放大者"。自 2012 年 10 月活动创办至今，从"人人网""校园 BBS"到微博、微信，再到系列视频、线下分享会，"CUPL 正能量"人物访谈栏目已伴随法大学子走过了近 12 年的时光，250 期报道传播了 250 组法大学子的青春故事，"CUPL 正能量"至今仍在启发青年发现榜样，引导青年了解榜样，鼓励青年学习榜样。

弦歌不辍，步履不停，"CUPL 正能量"采编团队十余年如一日地忠实记录着法大校园内奋斗的脚步和成长的篇章。在本书中，我们能见证第 204 期"壹桌计划"线上支教团队用"云伴读"打破疫情的阻隔、第 205 期 2016 级国防生诠释法大橄榄绿的责任与担当、第 211 期周明慧在羽球场上为校争光、第 214 期张力以法评为支点助力学子成长、第 224 期李泽锋用光影传达爱与希望、第 239 期刘煜成在荧幕之后坚守法律人的信仰、第 243 期罗帅用心理教育探寻未来的可能性……不负时代之约，不忘青年之责，法大人时时刻刻用脚步镌刻我们的名字，将正能量的故事写在每个角落。

一个又一个正能量人物，以梦为马，从心出发，奔赴属于他们的挑战与明天。而这样如炬火般明亮的他们，就在我们之间，是室友，是社团朋友，是老师或校友，抑或你和我；每一次彷徨与思忖，每一场执着与进发，就在我们日复一日的奔忙中。平凡的我们，因为有梦，也可以创造不平凡的感动。

发掘校园精彩，记录成长故事，传播法大能量，我们从未停笔、从不止步。本书先后有 2017 级至 2020 级四届通讯记者共同参与，每个人看见的故事不尽相同，在凝成正能量精神之后，却拥有了同一份感动，成为心中永不熄灭的火种，相伴穿过黑夜，让我们相信前方终有曙光。

正能量已经走进它的下一个十年，愿这份力量随时间沉淀历久弥坚，愿这份感动经代代传承永不熄灭，愿我们继往开来，携细腻的心与柔软的爱，航向未来，再续华章。

编者团队

2023 年 11 月

目 录

【CUPL 正能量第 201 期】一安法援：云端守望者

文丨团宣通讯社　路梓暄　李梦瑶　冯思琦

引言："我能做的不多，但希望自己的努力能让求助者感到温暖，这就足够了。"面对屏幕上的起诉状，刘晓诺的手指飞快地敲击着键盘。登录贵州省高级人民法院官网、输入信息、上传材料，两个多小时后，网上立案完成。打开微信，刘晓诺立刻将这个好消息告知了当事人。三个多月以来，由于疫情，刘晓诺和她的伙伴们一直坚持"线上法援"，在云端陪伴当事人一起等待……

人物简介：中国政法大学农村与法治研究会一安法律援助中心，简称"一安法援"，是以法学实务服务社会为目标，以提供法律意见和法律咨询为主要服务方式的公益性学生社团组织。自成立以来，援助当事人超过 1500 人次。

疫情期间，一安法援的同学们克服了线上沟通不畅、信息延时等困难，通过邮箱和微信与当事人线上沟通，国际法学院 2018 级本科生刘晓诺与法学院 2018 级本科生傅汝澜正是其中的成员。在法援志愿者的帮助下，身在北京的临产孕妇完成了贵州法院的网上立案，房屋租赁纠纷的当事人也得到了所需的法律意见。类似的案例每周都会发生，志愿者们依托专业知识，在云端积极提供法律支持，提高社会司法效益。

"有困难，克服困难也要帮"

2020 年 4 月 19 日，正值周末，一安法援的对外公邮收到了一封来自北京的求助邮件：房客在疫情期间由于无法返回租住地，与房东产生了租赁纠纷。

了解到当事人诉求后，傅汝澜和其他法援志愿者们立即展开了工作。"我们之前几乎没有接触过租赁纠纷的案子，再加上疫情期间的法律问题确实有它的特殊性，刚上手的时候就能感到难度。"疫情阻碍了线下的有效沟通，志愿者们只能借助邮件联系当事人，对于信息的收集掌握也较以往困难。身为部长的傅汝澜带着 6 名 2019 级的同学从当事人提供的租赁合同入手，仔细研究签订的条款，找出其中的争议焦点在于"合同解除时间的认定"。确定了基本思路后，小组成员分头行动，检索相关案例和法条，并从疫情期间的特殊性入手，仔细研读全国人民代表大会宪法和法律委员会对疫情期间房屋租赁出台的相应解释。

大一的志愿者们刚开始学习合同法，对于具体知识的掌握还不够透彻，但他们热情不减，在法律援助过程中边请教师长、边结合实践自我学习，"我们组除了我之外都是 19 级的师弟师妹，大家在分好任务之后都特别认真地查阅资料，在群里讨论"。在傅汝澜看来，法律援助不是单方面的输出过程，在帮助当事人的同时，自己和团队的伙伴们也在其中获益良多。7 天，上万字的资料检索，7 个人的法援小团队经过多次修改打磨，为当事人出具了专业细致的法律意见书，目前双方已接受法院调解。

回忆整个过程，傅汝澜在屏幕另一端难掩喜悦，"疫情给我们的生活造成了各种各样的影响，但作为法援志愿者，能用专业知识帮助到他人，哪怕只有一点点，也是比较开心的。"

"找我们，我们就有了责任"

疫情期间，一安法援的其他志愿者们也面临着新的挑战，进行着新的尝试。一位身在北京的临产孕妇身陷抚养费纠纷，希望能起诉身在贵州的前男友，要求其承担生育、医疗等费用，于是她找到了一安法援的志愿者们寻求帮助。了解案件情况后，由于孕妇预产期将近，志愿者们本着最大程度为当事人考虑的原则，用最短的时间为她拟好了起诉状，以期该案件能得到妥善解决。

然而由于疫情期间外出不便，加上经济状况和身体原因，身在北京的当事人难以亲自前往贵州进行起诉，志愿者们向她建议选择网上立案。当事人自己网上立案尝试失败后，她再次向志愿者们寻求帮助。"我们也从来没进行过网上立案，但既然当事人找到了我们，就想着去帮忙试试。"面对当事人的需要，从未尝试过网上立案的刘晓诺边摸索边推进，注册登录、输入信息、上传起诉材料、证件材料、证据材料……就这样敲击着键盘，点击着鼠标，两个多小时后，刘晓诺的首次网上立案终于操作成功。当事人的两起案件都成功立案了，她第一时间通过微信告诉当事人这个好消息。

疫情期间通过公邮寻求帮助的当事人还有很多，由于邮件表述含糊

图为刘晓诺

不清，志愿者们需要多次同当事人沟通，才能了解案件信息，梳理出其中的法律关系。"我们收到过一封长邮件，里面提出了 20 多个法律问题，并且很多问题的表述是非常含混的，处理起来并不简单。"刘晓诺和其他几位部长逐一梳理了当事人提出的问题后，和大一的成员一起完成了这个案子。"我当时写到凌晨两三点，既然当事人找到了我们，我们就得做到最好，对得起这份信任。"

"有希望，那就尽微薄之力"

疫情期间通过邮件或微信的线上沟通使得志愿者们与当事人之间存在较长的时间差，一些邮件得不到及时的回复。为此，一安法援的志愿者们提高了查看微信和邮箱消息的频率，"我们 6 位部长都尽量多登陆公共微信和邮箱及时查看，看到新的邮件就会立刻转发到群里。"疫情期间求助困难，一安法援的志愿者们就这样在云端给当事人最大的陪伴与温暖。

一份法律意见书反复打磨，经常坐在电脑前一写就是七八个小时，完成工作时往往已至深夜，但采访时晓诺的志愿者心声依旧坚定有力，"法律援助中会遇见各种各样的当事人，相同的是他们对我们的信任，当事人找到我们，就是相信中国政法大学，在他们看来，这里是中国最好的法学学府，这里有年轻学生、有专业教授，能帮助他们解决自己遇到的麻烦。"作为法大学子，身上这些象征意义赋予了志愿者们更大的力量，支撑着他们勇敢地迎接一次次挑战，用自己的微光，传递温暖和希望。

【结语】

"或许我们的能力有限，但大学生法援更是一种象征，在我们力所能及的范围内为求助者提供一些帮助与支持，哪怕只是给困难中的人们点亮一丝希望，对我们而言就足够了。"这是刘晓诺的心声，也是所有法援志愿者们奉献微光的意义所在。

尚有荣光在，何叹少年轻。少年之力虽弱，但足以照亮求助者的远方。

【CUPL 正能量第 202 期】杨晓莉：返乡扶贫志愿者

文 | 团宣通讯社　朗　朗　孙维昱

　　引言：青山蹩起，三江蜿蜒。这里是哺育杨晓莉长大成人的家乡，也是在一干为脱贫奋斗的志愿者们帮助下，逐渐繁荣起来的边疆小城。新兴产业日益蓬勃，公路平坦绵延如巨龙盘山，农作物的销路不断拓宽，这里已是一幅政通人和的景象。家乡的发展，杨晓莉看在眼里，喜在心中。

　　人物简介：杨晓莉，中国政法大学民商经济法学院 1502 班本科生。2019 年毕业后，她报名参加大学生志愿服务西部计划，在云南

省迪庆藏族自治州维西傈僳族县政法委办公室工作。为了更好地践行习近平总书记考察学校时的嘱托——青年"要立志做大事，不要立志做大官"，她积极投身西部基层建设事业，由单位派出至康普乡康普村做一名扶贫志愿者，在脱贫攻坚的关键之年，助力家乡经济建设和发展。

"我当然要抓住这个回报家乡的机会。" 2019 年，作为法大应届毕业生的杨晓莉主动报名参加大学生志愿服务西部计划，踏上了一条不一样的"返乡路"。"家乡一天一个新变化，憧憬与期待——大概是我当时最真实的心理写照"，家乡的脱贫工作一直在进行，杨晓莉毕业的这一年正好是家乡脱贫攻坚冲刺时刻。

虽然家乡没有大都市的繁华，甚至可以说得上是清苦，但是作为一个农村出来的孩子，杨晓莉觉得这些都算不上困难。她一想到自己能够

回馈养育她的这方水土，想到家乡脱贫后的崭新模样，就会充满斗志。"回到家乡工作，是希望未来有更多的人像我一样，有机会走出大山，拥抱外面崭新的广阔世界。"

山高路险、耕地稀少，自然环境先天不足深刻制约着杨晓莉家乡的经济发展。乡亲们为了更好的生活，在农忙结束后就进城打零工，勤勤恳恳地劳动却收益不多。近几年，家乡在政府的带领下建起一大批农副产品加工产业，农作物的销路也迅速打开，乡亲们的收入有了明显的提高，家乡发展逐渐走上稳中有升的轨道。

亲身参与脱贫工作的杨晓莉看到了一个不同的家乡，无论是单位领导还是普通职工，每一个人都在尽心尽责地为脱贫工作奋战。每个干部职工都挂包了两到三户贫困户，领导挂包的多一些。他们只要一有时间，就去帮助自己的挂包户干农活、修沼气池，与他们拉家常。有些挂

包户有上学的孩子，负责挂包的职工就会辅导孩子的学习，给孩子买文具，指导他们如何选择将来的路。"加班是常态，下乡也是常态。我们的队伍里确实有一批很优秀的'服务者'和'带头人'。"

"对我而言，参与西部计划是一个很自然的选择。"本科就读期间，杨晓莉受到来自政府和许多素未谋面的社会热心人士的帮助，她希望通过建设家乡来回报这份恩情。"在法大读书是我的幸运。"习近平总书记在她所在的民商经济法学院 1502 班团支部主题团日活动上嘱托大家"要立志做大事，不要立志做大官"，这之后，杨晓莉便下定决心，毕业后要到党和人民最需要的地方去。"当然我也是有'私心'的，我想让我的家乡变得更好。2020 年是脱贫关键之年，我想亲身参与到这份事业当中，为家乡的发展贡献一分力量。"

"知恩图报。应该以能够为家乡做一些事情而感到骄傲。爸爸、妈妈嘱咐我要踏实认真地做事，多学多问，不要嫌苦叫累。"杨晓莉的家人在得知她回到家乡成为一名扶贫工作志愿者时，给予了她最大的鼓励和支持。

参与家乡脱贫工作后，杨晓莉现在更能深切地体会到父母的苦心、乡亲们的艰难和政府的努力。当初统计入住的搬迁户信息时，杨晓莉由于自身经验不足，考虑不够周全，缺漏了许多信息，导致二次返工。但这样的错误也让她学会更沉稳地处理事务，"进入社会确实比不得在学校，很多事都需要自己独立去应对，没有人可以替你，虽然免不了会犯错，但终归在成长。"

【结语】

看到家乡的飞速发展，杨晓莉心中有着许多期盼："希望家乡能够发展得更快更好，希望能有更多的学子走出去，希望出远门可以有除了大巴之外的更多选择，希望高速公路早点修好……"

逶迤延绵的群山拦不住三江水的浩渺烟波，更挡不住杨晓莉的家乡变成她心中更美更好的样子。

【CUPL 正能量第 203 期】吴琼：乐天"法学僧"

文 | 团宣通讯社　安振雷　刘予欣

引言： 走出逸夫楼，天色已黑暗，只有月光和灯光在天地间交相辉映。回忆着一天的学习生活，一个个知识点、一件件趣事，浮现在吴琼的脑海中。打开手机，记下明天的日程安排，和几位好友分享下今日份的欣喜。博学而笃志，切问而近思，这便是这位"法学僧"心中的"禅"。

人物简介： 吴琼，男，来自法学院 1602 班，GPA4.83，专业必修课成绩平均分 91.07 分，综合排名列年级第一，曾获 2017 年国家奖学金，2018 年、2019 年校长奖学金，并连续三年获得学业奖学金一等奖等诸多荣誉。市创项目结项，志愿服务时长累计超过 400 小时，获 2017

年昌平区大学生优秀志愿者称号，在学习成绩、创新创业、志愿服务、社会实践等方面都具有较为突出的表现。吴琼用乐观的心态面对学业和校园生活，也激励感染了身边的伙伴。

谨慎独以律己

清晨，第一缕阳光投向端升楼前，记录下每一位学子匆匆忙忙的身影。当大多数学生仍在寝室中熟睡时，吴琼早已收拾好背包，早早地来到教室开始了一天的学习。

每天早上 7 点起床，从 8 点学习到 11 点，下午从 1 点半学习到 5 点，晚上从 7 点学习到 10 点，再利用 10 点半到 11 点半复盘重要的知识点，这便是吴琼大一上学期的作息表。朝阳、教室、食堂、霞光、星光，每天都是一样的景象；拼搏、奋斗、预习、回顾、提升，每天都是一样的风采。披着星光走出寝室，伴着大爷的喇叭声离开逸夫楼，不知不觉间，这已经成为吴琼生活的常态。

期末复习季，学习与休息如何平衡这一难题萦绕在许多人的心头，吴琼也曾经被其困扰许久。随着不断的尝试，吴琼找到了属于自己的道路："把学习放到心中的第一顺位，始终怀着学习的紧迫感，适当地空出一部分休息时间，反而会有令人意想不到的效果。"或是固定自己使用电脑的时间，或是固定打开手机的频次，抑或和同伴相互监督，期末季的吴琼并没有因此错过重要的消息，却依旧保持了自己的高效率。

于吴琼而言，自律不仅仅是全身心地投入一件事，更是尽可能用同样的时间做更多的事，而这个目标需要合理地利用时间，习惯也就因此养成。这种凭借高效率的自律所养成的习惯，会给人一种积极的心态，正如吴琼所说："如果我们每天都充实地度过，我们对于一时的得失可能会更为豁达。"

秉乐观之心态

步入大二之后，社团、竞赛与学习的压力接踵而至，常常让人喘不过气来。大二下学期吴琼报名参加了许多学科竞赛，成功的却还不到一半。那时吴琼对自己也不由得产生了怀疑，更加迫切地想通过考试来证明自己。但可怕的是，期末有六门专业必修课需要复习，每一科的笔记都有近百页，与大一截然不同的复习强度令他措手不及。时至今日，吴琼依然记得考民事诉讼法的前夜："我一个人在晚上 11 点之后'潜入'地下车库，走进逸夫楼教室开始复习。黑暗的走廊，只有一个教室亮着灯，里面坐着'怎么背书也背不完、边看边哭'的我。"

崩溃与挫折并没有将吴琼就此打倒，经过最知心的朋友安慰，痛哭一场后，吴琼仍然是那副继续向前的姿态。在他的乐呵呵的笑容中，总是不乏豁达和释然："步入大学后，我学会的最重要的一课就是不断尝试，还有与自己和解。我们需要在不断的尝试中发现自己的闪光点，并为此不断努力。但是我们也不得不接受一个事实，我们总会面对一些挫折和挑战。如果这时候我们不与自己和解，那么就会陷入自我怀疑之中，而带着这样的消极情绪会让大学生活充满阴霾。"

当吴琼在大三面临着相似的境地时，便轻车熟路了许多。在筹备世园会志愿者选拔期间，吴琼还要参加"挑战杯"学术科技作品竞赛，准备近两万字的参赛材料、十四周之后的期末复习……保证夜间的睡眠时间，提升平日里的工作效率，从面试公告的书写、面试题目的设计、面试者的安排、志愿者的筛选，到培训的材料准备，一切都变得有条不紊起来。吴琼脸上始终挂着的那副乐呵呵的笑容，不仅是他内心乐观的真实写照，也感染着身边的伙伴好友——"仿佛只要有吴琼在，无论多么麻烦的事情，我们都有信心。"

承初心以致远

吴琼依然记得自己刚刚从高中步入大学校园时，尚未经历过大学生活多元与精彩的他，坐在礼堂注视着"榜样法大"的颁奖典礼，望着台上的师姐侃侃而谈，一幅波澜壮阔、精彩绝伦的大学画卷在他面前缓缓展开。那时，他便暗暗下决心，期待着自己将来也可以成为其中的一员。

这一路走来，有坎坷曲折，也有欢乐开怀。起初接触法学时，不理解法理学导论里的"法律效力"，不知道法制史里的"五服"，对于民法学总论这种理论性很强的学科更是难以参透。那时的他常常扪心自问："我还能转变自己的学习方式，尽快适应法学学科的学习节奏吗？"到如今，吴琼也成功登上了"榜样法大"的舞台，站在自己曾经多次仰望过的地方，拿起一方话筒，分享自己对于在法大学习和生活的体悟和认识，成为诸多耀眼光芒其中的一束。除了榜样的激励、好友的宽慰，背后支撑他一直前行的，正是他自律与达观的心态。

【结语】

尽吾志也而不能至者，可以无悔矣。不知道眼前的这条道路延展向何方，但可以确定的是吴琼依旧会像初来时那样，带着笑容走下去，坚守他心中的"禅"，一步一步，终至远方。

【CUPL 正能量第 204 期】
"壹桌计划"为"线上同桌的你"

文丨团宣通讯社　李梦瑶　杨豫

引言："同学你好，我是'壹桌计划'的志愿者，很高兴认识你。"

春意蔓延大地，夏花灿烂人间，本该是铃铃笑意洒操场、朗朗书声响校园的明媚季节，湖北省的中小学生们却因疫情宅家开启云端学习。在孤独和无助中，来自远方的一声呢喃驱散了他们头顶的阴霾，一张张线上书桌悄然支起，成为他们"线上同桌的你"，温言细语，耐心热情，点亮了时光……

人物简介："壹桌计划"，一个在疫情期间应运而生的大学生公益项目，面向以湖北地区为主的中小学生义务开展在线学习辅导活动。目前，"壹桌计划"的活动已经帮助了 700 余名中小学生。

2020 年 3 月末，中国政法大学青年志愿者协会接到了"壹桌计划"的邀请，迅速在全校范围内发出了志愿者招募信息。经过积极报名和线上筛选，2018 级、2019 级 35 名本科生组成了线上支教队伍，通过"壹桌计划"培训，正式"上岗"，成为疫情中"线上同桌的你"，用陪伴和辅导，在线上为对接的中小学生点亮了孤单的书桌，温暖了自习时光。

"壹桌计划"官方标志

2020 年 3 月 26 日，青年志愿者协会接到了"壹桌计划"初创团队线上支教的邀请，系统了解"壹桌计划"的招募制度和运行方式后，协作负责人杨丹妮马不停蹄地开始了全校范围内的志愿者招募活动。一周后，"壹桌计划"招募在青协公众号正式发出，为了及时向应招的同学解释清楚活动细节和遴选培训程序，杨丹妮在推送发出后守着微信群足足两个小时，为前来咨询的同学一一热心解答。

初步报名后，经过壹桌团队的筛选，共有 35 名法大志愿者通过培训正式上岗。为了让每一份付出都得到认可，杨丹妮逐一对照志愿者信息，进行严格的认证审核程序，保证志愿者们志愿时长的准确录入。"我要对自己的工作负责，对信任青协支教的志愿者们负责，也对我们的伙伴'壹桌计划'负责。"虽然未曾亲自扮演一名"辅导老师"的角色，也没能和屏幕对面的学生一一交流，但正是她敲下的每一条消息，完成的每一道工作程序，将天南海北的志愿者们对湖北地区学生们的关心和慰藉稳稳送达，点亮那些举步维艰的时光。

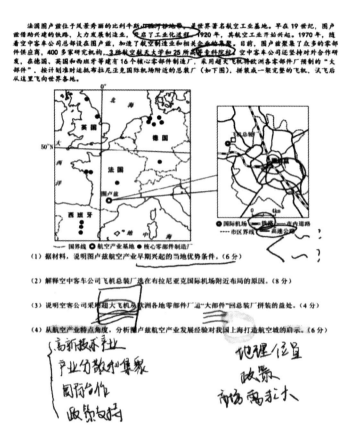

法国图卢兹位于风景秀丽的比利牛斯山脉下的谷地带，是世界著名航空工业基地。早在19世纪，图卢兹借助新兴建的铁路，大力发展制造业，_开启了工业化进程_。1920年，其航空工业开始兴起。1970年，随着空中客车公司总部设在这里，加速了航空制造业和相关企业的集聚。目前，图卢兹聚集了众多的零部件供应商，400多家研究机构，_3所航空技术大学和25所航空专业科技院校_，空中客车公司还坚持对外合作研发，在德国、英国和西班牙等建有16个核心零部件制造厂，采用超大飞机将欧洲各零部件厂预制的"大部件"，按计划准时运抵布拉尼亚克国际机场附近的总装厂（如下图），拼装成一架完整的飞机，又飞后从这里飞向世界各地。

（1）据材料，说明图卢兹航空产业早期兴起的当地优势条件。（6分）

（2）解释空中客车公司飞机总装厂选在布拉尼亚克国际机场附近布局的原因。（8分）

（3）说明空客公司采用超大飞机将欧洲各地零部件厂运"大部件"回总装厂拼装的益处。（4分）

（4）从航空产业特点角度，分析图卢兹航空产业发展经验对我国上海打造航空城的启示。（6分）

高新技术产业
产业分散性集聚
国际合作
政策支持

地理位置
政策
市场需求大

张倍玮为其"壹桌计划"帮助的同学讲解的备课笔记

2020年4月下旬，"壹桌计划"的志愿者们开始陆续上岗。民商经济法学院2019级志愿者张倍玮每周都要用一个下午和两个晚上的时间来进行备课。辅导之前，张倍玮会先熟悉这部分的知识，然后加入一些拓展内容拓宽学生思维，再寻找一些高考题辅助教学，同时在讲解中穿插一些对于学生的学习建议。屏幕另一端是一位高考复读生，这让张倍玮深感责任重大，于是加倍认真地准备每一次课堂。支教结束后，张倍玮与这位学生成了好朋友。"后来他给我写了一封信，但是信目前还在学校里面没有寄出来，我也十分期待看到信的内容。"谈起这位好朋友的来信，张倍玮难掩期待。

"壹桌计划"在开展过程中也遇到了不少困难，无论是时间的协调，还是彼此的沟通，对于志愿者们来说都是一种挑战。"在交流中会发现对方并不是很愿意表达"，国际法学院 19 级的志愿者赵宇萌这样说。了解到对方的情况后，赵宇萌及时调整授课思路，尽可能地引导对方多说出自己的想法，同时她也主动分享自己的学习经验，帮助学生缓解压力。"我能做的其实不多，但哪怕能给对方提供一点帮助，心里的快乐指数也会爆炸式增长！"

"壹桌计划"不止于学习层面，更是一场心灵陪伴之旅。疫情期间，未复课的武汉学子可能会有一定的心理压力，因此志愿者们不仅要针对学生的学习情况进行辅导，也要时刻关心他们的心理状况。来自人文学院的助教志愿者王惠林曾辅导过一名武汉高三学生，因为成绩不理想而心理压力较大，在半夜十一点多给她发了一条信息，"自己怎么努力都没有用，成绩和别人还差很多，感觉很无力。"看到这条消息后，王惠林大脑里拉响了警报，"我特别紧张，在晚上那种难过的情绪是会被放大的"，这种迷茫与无力让王惠林想到了自己的高三，于是她将自己的经历分享给屏幕另一端的学生，耐心地开导鼓励她，并及时与负责辅导她的志愿者进行沟通，希望能给她更多帮助。尽管是未曾谋面的陌生人，但在王惠林看来，只要相识，便有一份责任落在肩头。

壹桌贰人相映，千言百笑同晴。"壹桌计划"点亮湖北学子生活的同时，也温暖了屏幕这端的志愿者们。"我们是彼此温暖的过程，自己的努力可以得到对方的认可，特别有成就感。"作为负责人，杨丹妮还对"壹桌计划"展现出来的全新支教方式格外关注，"如何做好更大规模、更有高度的支教活动，用志愿支教传递更多温暖，我想我们能从这次活动中受到启发"。

【结语】

在往后漫长的时光中，每当志愿者们偶然翻到自己做的备课笔记、点开那个微信群聊，都会想起伸出援手时的自豪和满足；每当孩子们坐在那方小小书桌上，回望那段时光，也总有一束屏幕的光，将彼端一张张陌生面孔的善意重新带回心头。

"也许我们未曾谋面，但我会在如火的未来等你"，这是志愿者们的承诺。跨越山海，拥抱暖意，他们在共同期待着一个更好更远的未来。

【CUPL 正能量第 205 期】
2016 级国防生：法大最后一抹橄榄绿

文｜团宣通讯社　王宇琛　路梓暄

引言： 2020 年的盛夏，在沉寂了一整个学期的校园，一群人汇聚在端升楼前，留下最后一张合影，他们是国防生。与往年不同的是，这是法大校园的最后一届国防生；自他们离校后，法大再也没有那抹动人的橄榄绿。

由于疫情的影响，原本 48 人的集体在最后的合影里只留下了 25 人的身影，照片上一张张笑脸绽放，时光回到 2016 年——他们开始自己国防生生涯的那一年……

人物简介： 2005 年，中国政法大学迎来首届国防生。15 年来，一届届身着军装的学子走出法大，走向祖国的基层和边疆。嘹亮的口号，挺拔的身姿，在四年的大学生活中，他们在法大校园里留下了一片不一样的风景。

2017 年，法大停止招收国防生，也就意味着 2020 年 7 月后的法大校园，不再有这一片耀眼的橄榄绿，但每一张面孔，都将留在法大的记忆中。因为他们有一个共同的名字，法大国防生。

国防生：无悔的选择

入夜，田径场的草地上依旧迸发着青春的活力，三三两两的人或交谈或散步，这是一天的忙碌后，不多的悠闲时光。几年前也是这样的夜晚，有一群身着橄榄绿的法大人，在夜间磅礴的光幕下进行队列、踢正步等训练。他们，就是法大特别的橄榄绿——国防生。

国防生们的训练，入学第一天便开始了。

起初，国防生们被要求长跑 1.5km，后来逐步加到 3km、5km，长跑渐渐成为他们的日常训练之一。一次特别训练，区队长带队跑 5km，不允许掉队，掉队超过三个人就全部重来。或许是命运作怪，在训练中掉队了四个人，全队都只得在昌平的夜色中重新来过。最后时间实在太晚，队长先把大家带回学校，在澡堂外带领全队补做 100 个俯卧撑、仰卧起坐和蹲起。

"那一次是真的感觉坚持不下去了。"2016 级国防生臧恒峣回忆道，

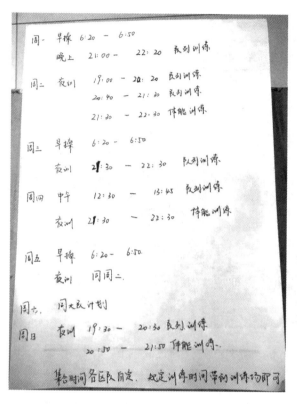

"后来，可能是因为集体吧，自己忽然有了力量。虽然特别特别累，衣服都湿透了，但是掉皮掉肉不掉队嘛，就坚持下来了。"

或许集体训练的时候真的会有一种神奇的力量：听见整齐划一的脚步声，听见回响山林的口号，听见兄弟们此起彼伏的"加油"声，心中就涌现出一股力量，让大家坚持住一个五公里，下一个五公里，和未来无数个同样的五公里。

有一次在防化学院的特训，是在北京盛夏的酷暑高温中进行的。先是射击，后擦枪两小时。其间，他们必须穿着全套迷彩服，背着沉重的各种装备。夏季接近 40℃ 的高温，让他们几近中暑。而之后的战术匍匐更是另一种艰难的训练：头顶是带倒刺的铁丝网，身下是晒得滚烫的

观看武警北京总队纪实视频

土地；身位稍高，帽子就会被勾走，身位太低，手就磨出一道又一道的伤口……

"虽然很苦，但大家在一起就有了动力，最后都坚持下来了"，李强笑着说。

唱响骊歌，来日方长

经过四年的艰苦训练，2020 年夏天他们重新聚到一起，决定以音乐的形式告别盛夏，留下对青春的纪念。

经过初期的讨论和准备，他们意识到，自己从头独立作曲填词，时间上已经是不可能的任务。于是，他们搜寻到一首 2018 年中国人民解放军用以征兵宣传的，由张译演唱的歌曲《青春不一样》。之后进行重新填词，把自己这四年的所历所想嵌进音符里，作成了这首《橄榄绿色的青春》。

"原曲有句歌词，是'要让青春追逐光，要让青春不一样'。我们改编了一下，希望无论是我们这一届还是再之前的师兄们，他们在国防生涯中追逐光的样子，也能被记录下来。"

橄榄绿，这抹或许不夺目却坚韧厚重的色彩，自第一天进入法大时便深深烙印在他们的身上。如今别离在即，正如歌词中所唱"战友的情谊难掩泪两行"。但正像他们说的那样，即便离开了法大，离开了自己熟悉的国防生活，身上那股坚韧不拔的精神也不会离开，曾经的战友们即便天各一方，也不会忘记。

凡我在处，便是橄榄绿

谈及整整四年的国防生生涯，令大家印象最深刻的是大一去天安门广场参加的那次升旗，第一次以如此近的距离注视着那抹鲜红冉冉升起。徐鹏回忆道："虽然皮鞋不合脚，整个脚底血肉模糊，但我不觉得累，站在国旗下面就有无穷的力量冲上来。"在刚刚经历新训时，面对高强度的训练，他们不是没有经历过迷茫，"其实时常会怀疑自己吃这些苦受这些累，经历这些磨难有什么意义，会有谁记得。"但是，当他们看到国旗在风中飘扬，感受到一旁群众投来的信任的目光，臧恒峣脑海中就会回荡起那首《祖国不会忘记》。

2017 年，国防部宣布不再从普通高中毕业生中定向招收国防生，也不再从在校大学生中考核选拔国防生。霎时间，对未来的所有迷茫与无措像一片巨大的阴影笼罩着所有国防生。"其实最难的便是选择"，面对如此突然的变化，他们又该何去何从？这是所有国防生面临的问题。李强很快给出了自己的答案："作为国防生，就应该把自己融入部队和国防建设的长河中去，在部队的建设中实现自我价值。"国防生的生活早已在他们的生活中烙下了最深刻的印记，将光辉融进祖国的星座，不求歌颂，亦不求回报。"后来者不再来，这是一种不为人知的落寞"，这亦是所有 2016 级国防生心情的真实写照。

瞻仰人民英雄纪念碑并组织宣誓仪式

最后一届国防生离开法大后，操场上五点半升起的朝阳不会再有机会照耀那些努力奔跑的身影，每次大雪过后也不会再有那抹绚丽的橄榄绿跃动在法大校园里。但是，兰一六楼整洁干净的宿舍环境不会忘记，主楼门口那鲜红的国旗不会忘记，曾经有这样一群人，他们用青春捍卫心中不变的信仰，用汗水在法大绽放了永不消逝的光芒。

【结语】

"凡我在处，便是法大

凡我在处，便是橄榄绿"

聚是一团火，散是满天星

橄榄绿是他们一生的坐标

一年又一年

风吹一阵，雨落几场

却从未改变国防生们追逐光的模样

一届又一届的国防生在法大

用奋力的拼搏，坚定的信念

为携笔从戎的梦想增添了一份担当

使法大校园拥有了更多军人的坚毅与力量

祝福法大 2016 级全体国防生

前程似锦

常回"家"看看

【CUPL 正能量第 206 期】
法大物业中心：助力特殊毕业"寄"

文 | 团宣通讯社　郎　朗　路梓暄

　　引言：毕业季，原本宁静的校园，从宿舍楼里传来了嘈杂的声音，整理行李、封箱打包、滑轮空降……从宿舍到寄存地点，后勤物业工人们的身影随处可见，剪刀、胶带、打包绳，成为他们不离手的物品。为帮助毕业生打包行李，近 500 名后勤人员与学院的老师们走进宿舍，将一份份祝福装进毕业生的行囊……

　　人物简介：随着疫情的爆发，2020 年 2 月初，法大校园实行封闭管理，昌平校区物业的后勤老师们从 1 月 21 日起就全程坚守在学校防疫工作的第一线。在他们之中，有人主动请战带领 10 人团队住在南区校园内部，4 个月没有回家；有人带领 15 人团队一直忙碌在整理毕业生行李的岗位上……

不一样的毕业"寄"

　　2020 年 2 月初，尽管寒假已然到来，法大物业的工作却并未减轻：委派 10 人展开了第一次封闭管理，坚持各个楼宇的保洁、消毒、进出登记等常规工作成为物业团队工作的常态。

　　因为疫情的缘故，毕业生不能悉数返校参加毕业典礼，对法大物业而言这也是一场别样的毕业"寄"。毕业生的行李多、杂、散，且快递公司运送量有限，当日行李运送不完，堆积在楼道里会影响次日的工作衔接，经学生处与校物业中心沟通，由物业工作人员负责统一搬运需要寄存的行李到指定地点，先后为学生运送寄存行李 2000 余件。为加快运输的速度，物业部门在每个楼准备了大绳、滑轮以减小劳动强度，设置多个存放点，在有序指导下合理分工。即便如此，物业中心入校人员有限，工作繁忙的时候，一个学生个人物品最多有 18 包，结束工作时往往已是凌晨。

7 月 11 日晚，校内 10 个楼宇寄存点的行李仍没有完全运送出去，物业中心在当晚紧急通知各部门联系职工加班，40 余位职工参与运送行李至次日凌晨 3 点半，确保了第二天行李打包工作正常开展。"如果说有什么感受，一个字，累"，物业党支部支委白彬坦言道，"不过物业中心的职工都很努力、齐心，关键时刻我们没有掉链子"。虽然累，但是同学们的一句"谢谢老师"，就会让他们感到欣慰和值得。

全员联动，携手毕业"寄"

这次毕业"寄"，最大的困难就是"任务繁重而人手不足"，因此参与到这次任务中的每个人都面临着很大的压力。

2 月初，学校实行封闭管理，全面消杀，白彬主动请缨，带领 10 人团队住在南区校园内，4 个月没有回家。当谈及此事时，白彬云淡风轻地说："因为我是党员啊，这个时候就要冲在前面，做好带头作用。"直到毕业"寄"开展，白彬仍工作在第一线，繁忙而充实地推进工作进展。

疫情期间物资十分紧缺，为了保障一系列活动顺利开展，后勤物资部的几位老师竭尽所能通过各种渠道购买口罩和消毒液，想方设法增加

物资补给。不少学生及教师志愿者也参与了毕业"寄"工作，师生联动，勠力同心，无疑给物业部门减轻了不少负担。

维修部的师傅一直奔走在一线帮助运输行李包裹；财务处老师负责核对寄件信息；学生处的老师每日都要确定参与工作的志愿者名单；物业中心的领导在学生返校期间几乎没有在晚上十点前下过班，总是在准备各种预案、召开会议、处理发生的紧急事件……谈到这段时间的工作，物业中心的每位老师应该都有不少想说的话，但也像昌平校区物业副主任郑晓君老师说的那样，"每个人都在默默地去做一些力所能及的事儿吧。"

这个夏季，汗水打湿了他们的衣衫，汗珠从他们的额角滴落，闪闪发亮，如同校内的玉兰花，一年一年地盛开，永远不败。

打点行装　护你远航

在此次毕业行李寄送工作中，令郑晓君印象最深刻的便是 7 月 12

号的寻人事件。当晚，在结束一天的打包工作后，值班人员进行例行人员查岗，却发现两位学生志愿者失联，所有后勤工作人员立刻开始全校寻找，直到深夜两点才得知这两位同学在逸夫楼帮助老师工作，虽然虚惊一场，但大家悬着的心总算落了下来。

这个不平凡的夏天，正是每一位后勤人员的默默付出为毕业季画上了圆满的句号。"起初由于技术问题，我们已经取消了安装'宿舍区滑轮'的计划。但是考虑到师生搬运行李的难度，最终还是决定试一试，我们辛苦一下，让师生更方便一些，就是值得的。"

"我们没有在毕业季见到同学们最后一面，最遗憾的就是没能给同

学们说一声祝福。"在郑晓君的记忆中，同学们每天在学校见到最多的可能就是后勤人员，就像宿管阿姨每日和同学们朝夕相处，不经意间也和同学们累积下了深厚的情感。他曾见过一位同学请求阿姨帮忙缝补裤子上的破洞，那时的阳光洒在他们的身上，一种莫名的温暖在那间小小的值班室蔓延。在四年的朝夕相伴中，后勤人员一直在用自己的方式默默关心着每一个学生，为师生们的安全做好一切保障工作。

虽然没能当面道一声祝福，但"告别是为了以后更好的相聚"，白彬如是说，疫情的洗礼只会使我们更珍惜相遇。在这一特殊的毕业季，同学们顺利毕业的背后是所有后勤老师四个月的日夜奋斗。

见字如面，在那一份份由老师们打点的行囊中，有的不只是四年的经历，还有老师们对毕业生最美的祝福："希望你们在新的道路上有新的开始、新的起点，常回母校，这里有你们四年美好的回忆。"

【CUPL 正能量第 207 期】徐阳：走好别样向阳路

文丨团宣通讯社　李元嘉　李梦瑶

引言：窗外夜色正浓，周围的人都窸窸窣窣地起身离开。徐阳也从书本里抬起头，开始收拾自己的东西。学校早已安静下来，风吹过满校园的青草和叶子，只有沙沙声回荡着。环阶后的玉兰花、图书馆后的横幅、道路两侧的书摊以及抬头看到的星空是徐阳四年熟悉又珍贵的回忆。这样的场景不仅仅是今天，而是日日如此，在这条名为坚持和自律的路上，徐阳一步一步走向精彩……

人物简介：徐阳，女，中国政法大学 2016 级汉语言文学班本科生，2020 届优秀毕业生，曾任人文学院学术调研部部长、班级团支书、大四任人文学院本科生党支部副书记。在校期间认真踏实，积极进取，曾获国家奖学金、学业奖学金、竞赛优胜（团体）奖学金等多种奖学金，以及校三好学生、校优秀团员等多次表彰。还曾代表学校参赛，获北京市人文知识竞赛（团体赛）二等奖等荣誉。现已推免至中国人民大学文学院文艺学专业。

星光不负赶路人

对徐阳来说，自律与规划是大学生活中不可或缺的部分。她习惯在

八点前进入法渊阁，按计划背诵英语单词、练听力、复习专业课，一天的学习生活便这样不疾不徐地展开。在图书馆安静的读书氛围中，她踏踏实实地进行日常点滴积累和更加广泛地钻研，让知识在脑海里生根发芽。

徐阳同样强调劳逸结合的重要性，在学习之余她喜欢在排球场拥抱另一种生活。自小学便喜欢看排球比赛的她进入法大后便毫不犹豫地加入了院排球队。学习之余与师兄师姐们相约排球场，在阳光下挥洒汗水。球场上的她，目标不再是英语单词，不再是专业词汇，而仅仅是每一次抛球接球的位置变化，"我非常享受这种专注的感觉"，时至今日，徐阳仍珍藏着球场上的珍贵记忆。虽然大三以后来到排球场的次数少了些，但那句"球不落地，永不放弃"的口号一直萦绕在徐阳心间，也是她长久以来坚持梦想、不辍前行的力量之一。

"想到未来还有好多要做的事情，便不能也不想停滞脚步、勉强度日。如果可以尽十分力让结果好一分，那也是值得的。"在继续努力追求目标这一点上，徐阳十分坚定。

别样选择，同样精彩

徐阳的大学生活一个很重要的关键词是——选择。"其实我的选择伴随了我四年，自我步入法大校门时，这个问题便已然存在。"法学其实并非徐阳的心仪专业，但在法大似乎不辅修法学总会被认为是一次"亏本生意"，徐阳在大一时也产生过几分边缘学科的厌学情绪，于是与大多法大的非法专业同学一样，徐阳在大一下学期申请了法学辅修。然而，开课后徐阳逐渐发现了自己关注点与大多法学生的偏差，加之在主修课程上的差距使她意识到了"鱼和熊掌不可兼得"的痛苦，于是她便在半学期后放弃了法学辅修，而是选择专注于本专业的学习。

选择中文专业后，徐阳仍经历了一段时间的迷茫，转机出现在大三上半学期，怀揣着一丝紧张与期待，徐阳去华东师范大学交流学习。少了几分军都山下的局促，多了几分樱桃河边的舒适，华师大兼容并蓄的氛围以及中文学科的强劲实力让久处边缘学科的徐阳找到了一种久违的家园之感，也让她感受到了理论的乐趣，确定了读研选择。"在一个环境里当我们迷茫时，换一种方式体验生活，再反观法大的生活，你会有不一样的体悟。"

向阳路，再出发

穿上学士服，戴上学士帽，领过毕业证书，在异常安静的毕业季里，徐阳的大学生活奏响尾声。回首四年风雨兼程，"有过迷茫，有过挫折，也有水到渠成、功不唐捐的收获。我的四年是独属于我的真实且充实的四年。"

整理好行李箱，面对只有一个人返校的宿舍，徐阳的心里充满了不舍。徐阳离校前拍了三张照片：夜路、拓荒牛和鲜花。夜路中逆光前行的背影，拓荒牛拼搏的形象，鲜花背后的汗水与坚持，这就是她心中对于法大四年青春的定义。

毕业是一首离歌，但绝不是悲歌。关于毕业，些许遗憾已遗落在时光的角落里，但未来已来，日生不殆，人生的下一个阶段已然启程。心怀梦想便用尽全力，明确方向便不惧荆棘，即使单枪匹马，也能勇敢无畏，徐阳就这样走在自己的别样向阳路。

【CUPL 正能量第 208 期】

韩德馨：趁年轻，尽"折腾"

文丨团宣通讯社　路梓暄

　　引言：深夜的法大早已不复日间的热闹，寂静的夜色笼罩了整个校园。而逸夫楼的地下车库出口，却匆匆走出一个身影，她便是结束帮助老师准备"学校双一流"评选资料的韩德馨。大学四年中，为了完成班集体与自己的学生工作，她早已不记得见证过多少次这样的月光。"山不在高，有仙则名。水不在深，有龙则灵。斯是陋室，惟吾德馨。大家好，我是韩德馨。"这是韩德馨在工商管理 1601 班第一次班会上的自我介绍，亦是她大学四年的生动诠释。

　　人物简介：韩德馨，中国政法大学商学院 2016 级本科生，现已保研至中央财经大学国际税收专业。在四年本科生涯中，韩德馨在积极参与班级工作、学生组织与体育活动的同时连续获得学业奖学金、竞赛个人二等奖学金、团队三等奖学金等多种奖项。奉献、善良、努力，韩德馨用她美好的品格打动了每一个与她相处的人。

努力过，再坚持

　　"我们的视野其实是很局限的，不要被眼前的一点小事困住，目光

要放得长远一些。"2019 年 3 月，已经处在保研阶段的韩德馨做出了一个大胆的决定：出国交流。这个决定同时意味着，如果在夏令营阶段没有通过的话，过去三年为保研做的所有努力都将付诸东流，甚至很可能面临"失学"的风险。韩德馨不知道自己能否成功，只知道如果不去试一试，未来的她一定会感到后悔。在这一过程中，韩德馨坦言："我的父母其实起初也非常担忧，但是在和我一起分析出国交流的利弊后，还是鼓励我走出去看看。"对于韩德馨来说，父母的支持、朋友的陪伴是她在艰难时刻的"定心丸"。

在决心出国交流后，她便全身心地投入到夏令营准备中：更加积极地参加各种比赛，在做项目、写论文的同时兼顾大三的课程，并且在此基础上进行复习，为夏令营的笔试面试做准备。"那段时间，我每天都会六点半起床去学习。"对于韩德馨来说，参加夏令营意味着她需要抱着破釜沉舟的决心。在认真准备各种资料后，韩德馨报名了所有可以一试的三十余个项目，打印店成了除图书馆外她最常去的地方。"那段时间真的很难熬，但是只要想到已经做了那么多努力，我就会告诉自己再坚持一下，所幸最后结果没有让我失望。"

为集体倾情奉献

追寻自我，投身集体，是韩德馨四年生活的坐标。"我一直都有很强的集体荣誉感，也非常喜欢我的班级以及班里的同学，希望能够通过自己的努力和付出，让同学之间的关系变得更好，也让班级变得更加优秀、更加团结。"在韩德馨眼中，集体永远是第一位的。在她参与的班级工作中，韩德馨印象最深刻的活动便是学院里每年举办的篮球班赛。从大一到大三，这三年每场比赛她几乎都会去帮参赛者做好后勤工作。在这个过程中，她能更加感受到班内同学的团结，班级对于每个同学来说就像个大家庭。韩德馨至今难以忘记的就是在一次篮球比赛时，同年级另一个班级的同学说过的一句话："你们班真团结。"

在从事学生工作的同时，韩德馨也在学业上取得了优异的成绩。对她来说，平衡学习工作的最好方法便是分清主次，做好时间规划，不要拖延。"大学中很重要的一点就是保证自己真正想去做的事情能够认真地做好，如果有余力再去多多尝试新的东西。"大学四年中，她用那抹忙碌的身影践行了这个信念。

不断挑战，探寻未知的闪光

在大学四年中，除了热心参与学生工作外，韩德馨积极参与各类竞赛，在一次次全新的挑战中不断寻找下一个未知的惊喜。在她看来，竞赛不只是保研加分的方式，更是充实自我的途径。"我一直努力让自己保持阳光积极的心态，不断地去尝试新鲜的事物，敢于挑战自己。"

　　大三下学期，尽管比赛没有列在学校的加分政策中，本应准备保研的她毅然决定参加电子商务"创新、创意及创业"挑战赛。韩德馨表示大学四年中最大的遗憾就是并未取得过一等奖的成绩，所以她想再试一次。带着坚定的决心，韩德馨非常认真地对待比赛，最后也成功地通过选拔，以校内赛第一名的成绩进入决赛。值得一提的是，备赛过程并不轻松，由于决赛时间定于期末考试结束的第二天，她在当天上午考试后就带着易拉宝和计划书去上交材料。韩德馨坦言："刚刚经过紧张的期末考，在奔波着去上交材料后第二天又要面临紧张的比赛，真的很疲惫。不过幸运的是，我们最后实现了拿一等奖的梦想！"这次经历带给韩德馨最大的体会便是：一切困难都会过去，一切努力都值得。"我一直以来都觉得每个人都是闪闪发光的"，于她来说，年轻便是有无限可能，而挑战自我、追寻自我正是实现生命可能的最好方式。

四年四度军都春，转眼间毕业将至。翻看毕业行李时，当时去四川支教的纸条滑落出来，记忆中的一张张笑脸仿佛还在韩德馨眼前，而她却即将离开法大，开始新的旅程。

回忆大学四年，一路上的朋友们成为韩德馨最大的支持，是他们不断给予韩德馨激励。"法大像家一样，给我们创造了很多机会和条件，静静地看着我们成长。很荣幸在这里度过了美好的大学时光，真诚地感谢法大和所有的老师、同学们！感谢四年的陪伴，祝好。"这个不断在探索未知可能的女孩，正奔向灿烂人海。

【CUPL 正能量第 209 期】于泓扬：擎"帆"者

文丨团宣通讯社　郎　朗

　　引言："这四年最宝贵的是给了我们无数次选择的机会，也让我们有更多去尝试的勇气。"从天马行空的梦想家到保驾护航的守护者，于泓扬诠释了青春有无限的可能，在无限中找到了属于自己的擎"帆"之路。

　　人物简介：于泓扬，刑事司法学院 2016 级本科生，在刑司学生会任职期间协助学院设立"千帆计划"实习实践项目，逐步搭建起我校

实习生与多地法院、检察院、律师事务所的对接平台，建立了数据对接、人员对接、监督沟通的良性系统，极大地提高了实习对接效率，目前"千帆计划"已服务我校几千名学子进行实习对接。

"蛰龙已惊眠，一啸动千山"，这是对于泓扬四年大学生活的最好诠释。

用心实践，勇敢扬帆

2017 年，刚刚步入大学的于泓扬便去昌平法院实习，从整理卷宗、文书邮寄、与法官交流到经手一个案子，那个夏天，于泓扬不仅仅学到了法律知识，更重要的是养成了严谨认真的态度。

"法院出的每一份文书都代表着整个法庭的尊严和法律的权威"，于泓扬道。

"挥法律之利剑，持正义之天平"，短短一个暑假的实习，让于泓扬领会了开学誓言的真正含义，感受到来自他人的需要和信任。基于自身的经历，于泓扬更加关注法大同学的实习情况。他注意到我校学生在联系实习时都是一对一、点对点地进行对接。因此，搭建一个法院、检察院与我校学生直接进行实习对接的服务平台是能够解决同学实际需求的，在学院及多位老师的支持下，经过于泓扬等人的数轮沟通、协调，"千帆计划"得以诞生。

大胆创想，不断优化

起初，"千帆计划"仅是协助昌平法院及检察院进行实习生的招募。于泓扬和同伴通过在校内参与信息统计、实际选拔、相关培训和认证等工作，达到了优化程序的目的，减少了同学们前期联系和往复的麻烦。随后，在学院和多位老师的支持下，他们将律师事务所规划到"千帆计划"内，并对其进行新模式调整。在沟通与磨合的过程中，于泓扬等人搭建起"千帆计划"平台，实现了全国各地部分高院中院、20 余家律师事务所都可以与法大学子直接进行实习对接的目标。形成了较为稳定的合作框架后，"千帆计划"开展了对实习生进行实习技能培训的相关活动，以提升实习生法律实践的能力。

"千帆计划"在发展的同时也面临了一定的挑战，包括在为实习生服务方面，如何应对人数激增与高效服务不固定、大规模人员之间的矛盾；在与实习单位对接方面，如何把握合作范围及更好地丰富实习工作内容，等等。

创建之初，"千帆计划"负责 800 多位实习生的对接工作，随着规模的扩大、可信度的提高，第二年人数达到了千余人。于泓扬等人在解决上述问题时对工作也不断地进行更新迭代。从杂乱的数据表格、人工核对信息到寻找合适的电子系统去管理，不断提高对数据的整理和检索能力、高效地进行录入和输出，以实现每个实习生从进入到退出"千帆计划"的整个流程，系统都能及时跟进。在与不同实习单位沟通时，于泓扬从开始的紧张慌乱到逐步摸索出合适的交流方式，以实习单位认可的沟通渠道达成合作并及时跟进后期信息。这个磨合的过程是以时间为单位、以无数经验教训为积累叠加而成的，在每一次微小的优化之中，都体现着于泓扬等人为"千帆计划"所付出的汗水。

从创建伊始，在学院及多位老师的支持下，于泓扬带领他的团队把"千帆计划"逐渐变成校内有知名度、认可度，能够帮助法大学子在法律实践方面有所提升的平台。

这段长达两年的经历使得于泓扬收获颇丰。于他而言，大二作为院会部长时更像是一个天马行空的梦想家，有很多创意想要实现。那时的他仿佛身处于"理想国"中，不必担心犯错，只需大胆地去创想自己的活动，将它不断优化。

而大三时，于泓扬觉得自己更多充当着保驾护航的守护者角色，他既守护着学生会的创造力，又守护着学生会最初的驱动力——服务同学。

"我能够真诚、热情地去对待任何工作，在工作中发现乐趣，带着热忱去完成一份工作、一个项目，然后将我的热爱真正注入活动中，把梦想变成现实"，于泓扬在回忆起这段经历时道。

律所实习，快速成长

在完成法考和保研后，于泓扬听取了师兄师姐们提出的建议，前往北京市金杜律师事务所进行实习。令他比较深刻的一段经历是在律师的指导下独自去外地出差。于泓扬代表的不仅是自己，而且是整个律师团队，要保证表达的意见是专业的且是团队认可的。他对整个项目的背景资料、相关的法律法规以及可能提及的内容都进行了及时梳理，以良好的状态与对方进行沟通，共同推进整体工作。

律所的经历让于泓扬快速成长：首先是独立性，包括自我驱动学习和保持高效的学习状态。他既要及时补齐短板，又能够快速接收和处理信息，主动询问工作疑点，跟进项目进程等。其次是团队合作，于泓扬

在律所做的工作大部分是协商和撰写调查及交易文件。团队精神在律师事务所的工作中十分重要，在各个方面标准和表述风格达成一致的同时，个人的专业技能和产出效率也需要同整个团队保持一致。这次实习也让他体会到了培养专业素养的重要性，一个具有较高专业素养的法律工作者，要能够保持自身工作状态的成熟、与人沟通时的沉稳大气以及输出意见的专业性。

对于泓扬而言，大学四年最宝贵的是给了他无数次试错的机会，也让他有了尝试的勇气。于泓扬道："很多事情只要认真去做，总会有收获。正是在不断积累、选择的过程中，我们会逐渐发现自己的目标，在此驱动下，去做下一次更适合自己的选择。"

年少风雅，鲜衣怒马。纠结也好，辗转也罢，尽管去尝试，选择一个真正适合自己的事情，坚定不移地做下去。"你的大学四年会因此变得丰富多彩，也会驱动着你前往更远的远方。"

【CUPL 正能量第 210 期】
杨凯翔：学生会，最平凡的成长

文丨团宣通讯社　秦新智

引言： 香槟木塞喷出的一瞬间，从瓶中涌出的液体模糊了杨凯翔的视线，运动会赛场的欢呼渐渐沉静，在学生会度过的三年时光仿佛来到尾声。"学生会的工作给我个人带来的成长和收获是不言而喻的，让我从一个懵懂的高中生一步步成长，学会了如何融入集体、与人交往，明白了如何自我反省，继续成长。"正如杨凯翔所言，他用四年的在校时光一步一行，踏实走好每一个足迹，交给学院学生会、自己与同学们一份合格的答卷。

人物简介： 杨凯翔，中国政法大学民商经济法学院 2016 级本科生，民商经济法学院第七届第一任学生会主席。现已考取中国政法大学硕士研究生，将继续攻读我校诉讼法学硕士学位。在校期间，积极组织并参与学生活动，努力协助学院完成各项团学工作。曾获中国政法大学校三好学生、优秀学生干部、北京市优秀毕业生等荣誉。

"也许大学的成长本是默默无闻的，但所幸这段旅程有民商学生会相伴。"回顾四年的大学时光，杨凯翔一直感激与民商学生会的相遇。

"大学生活就是一个不断去尝试新的东西，不害怕，不担心，只管试错的过程。"在社团招新活动上第一次听到民商学生会实践部介绍后，

　　杨凯翔就萌生了一种想法，他觉得这里能给他想要的大学社团体验。结合师兄师姐们的建议和自身情况后，他选择加入民商学生会实践部。

　　2016 年 11 月，民商经济法学院第十六期"品书阅世"论坛邀请到李思思作为嘉宾，杨凯翔被安排到嘉宾接待室门口"站安保"。时至今日，他仍然记得李思思从刘皇发报告厅的拐角，沿着走廊一直走到他的面前，最后拐进嘉宾接待室的场景。曾经不敢想的场景就真切地发生在他的面前，给他带给了极大的震撼。把小事做好，把细节做精，那是他第一次深刻地体会到社团生活的魅力所在——想曾经不敢想之想，并努力将它们付诸实践。

　　从参加日常例会到组织大型活动设计推送，从修改活动方案熬出的黑眼圈到准备联谊滴落的汗水，第一年在学生会的点点滴滴留给杨凯翔满满的感动与回忆。但彼时的他还没有做出是否要留部的决定，心中依然在担忧自己是否有能力带着整个部门继续走下去。

期末后"散伙"的氛围来得悄无声息。"散伙饭"上，杨凯翔和部门的朋友们玩着游戏谈笑着，与往常无二。"在路口的那一瞬间，分别的伤感突然涌上心头。"晚饭后站在菊园楼下的杨凯翔，扶着门口的铁栏杆一直哭，心里忽然涌上了很多的想法，"那一晚过去，我想通很多，我想和大家一起走下去。"

如果说刚上大一时，杨凯翔对于社团的热爱源自于对某些人、某个活动的热爱，在大三后，他对民商学生会的热爱则转变为对这一学生组织本质和使命的热爱。"为什么在大三学业繁忙时依然选择留任主席团？"他毫不犹豫地回答道："因为热爱与责任。当你的工作不再限于单单完成一项被赋予的任务时，自身的责任感就变得尤为重要。"

成为院学生会主席后的杨凯翔开始更多地提出自己的想法与方案。带着学校和指导老师们的信任与期许，他斟酌每一场活动的细节，追求极致的完美。2019 年校运动会，分管体育部的他赛前多次和各运动队成员交流沟通，及时了解每个人的情况。半年的时间，杨凯翔见证了每天的早训、晚训、雨天爬楼梯加训，他见证了运动队的成长，为整个队伍更加融洽而感到开心。他陪伴着运动队直到校运动会谢幕的最后一刻，收获属于他们的骄傲与荣耀。民商夺冠的场景在他心中挥之不去，由他亲自旋开后飘扬漫天的"冠军香槟"也见证着他的用心付出。

成为部长后，杨凯翔开始了"新的积累"。"刚开始总会有些焦虑，担心自己的能力不够，无法胜任部长的角色。"新学期伊始，能力和思维上的不成熟也导致杨凯翔一些工作上的失误。在准备一场周六下午的评书活动时，他仔细地检查了许多工作细节，却不慎遗忘提交多媒体的申请单。当天上午，他和另一位部长焦急地奔走沟通，找负责的老师完成临时审批手续，最终在活动开始前两个小时申请到多媒体设备。这次失误后，他对自己的工作反思良久，"既然当初选择留下来，就要担起该担的责任。"

除去原本各自的分工外，杨凯翔和其他部长们也会互相帮助，完成对方的工作，偶尔有人出现失误，大家也会互相"补台"，共同承担责任。"很多年以后，你可能不会记得你举办某个活动时邀请了哪个嘉宾，做了怎样的工作，刷了几次夜，但是你一定会记得那个陪你一起为这个活动去努力奋斗、出谋划策的伙伴"，于杨凯翔而言，在民商学生会遇见的每一个人都是陪他并肩前行的朋友，友情的存在让这条路熠熠闪烁，再回首，依然珍贵。

"不论你是否在学生社团或者学生会，最重要的是要经常自省，你要明白自己到底想要什么，明白自己是以什么样的身份去生活、工作。"四年走来，杨凯翔的一个个脚印踏实且有力量，在看似平凡的旅途中，他已然邂逅了独属于自己的风景。四年的大学生活逐渐落下帷幕，杨凯翔正走在新的路上，向着更远更远处前进。

【CUPL 正能量第 211 期】
周明慧：化蝶以翩，"羽"爱同行

文丨团宣通讯社　杨　豫　王宇琛

引言：午后，环阶教室里人头攒动，暖黄阳光跃上窗台，流动于黑板和书本上。女孩身着全套球服，还没拿出书本，目光就抢先聚焦在了讲台前。下午"三大"[1]一下课，她立刻拾起装着球拍的书包，冲向了球馆……"习惯了"，周明慧用三个字概括了四年里这样"连轴转"的日常。

人物简介：周明慧，国际法学院 2016 级本科生，校高水平羽毛球

---

[1] 法大"下午课"的一种叫法，下同。

运动队队员。在本科期间学业勤勉，成绩优异，曾连续两年获得国家奖学金、校长奖学金。多次代表学校参加比赛，曾荣获 2018 年第 22 届中国大学生羽毛球锦标赛女子双打亚军、2019 年第 35 届泛波罗的海世界大学生运动会女子羽毛球比赛女子双打亚军等。

球场飞扬，展露潜翼

在母亲的鼓励下，周明慧从小学开始就一直坚持学习羽毛球。从一开始的课余爱好，到初中开始参加正式比赛，羽毛球渐渐融进她的生命，变成了她不可或缺的伙伴。来到法大后，周明慧保持着高强度的羽毛球训练，不断进步，逐渐成为校队的女子双打主力队员之一，同时也多次参加国内外羽毛球大赛，为校争光。

大二下学期的全国大学生羽毛球锦标赛令她记忆犹新。"当时的课业很重，教练也很重视我，训练有很高的要求。"周明慧坦言，她的身高在羽毛球运动中并不占优势，只能通过后天针对性训练不断提升弹跳

力和运动能力来弥补。每天下午 3 点半到 6 点又是校队固定的训练时间。为了训练上课两不误，她常常提前换好球服，一下"三大"就飞奔到训练馆，结束后又争分夺秒地换洗衣服，才刚刚能赶上"六大"的铃声。"我们辛苦，教练也很不容易，每天训练下来，教练一边指导一边亲自示范，出的汗比我们还多，嗓子也经常喊哑了。"一分耕耘一分收获，训练中积累的能量让她在赛场上所向披靡。

六月沉息，一夕振翅，终引得大洋彼岸风暴迭起。2018 年全国大学生羽毛球锦标赛，她和校羽毛球队的队友夺得了女子团体赛的三连冠，又成功会师女双决赛。2019 年 5 月，她又与三名同伴，代表中国赶赴立陶宛参加泛波罗的海大学生运动会比赛，为中国代表团成功包揽女双冠亚军以及女单的冠亚季三枚奖牌，成为羽毛球场上无可争议的聚光点。"能为国出征就已经让我很惊喜了，取得了荣誉更是十分激动。"

模法磨砺，茧中自炼

除了羽毛球，周明慧在大学生活中也不断挑战自己，锻炼各方面的素质能力。2019 年 6 月，她所在的模拟法庭团队代表中国参加了在海牙举办的英文国际刑事法院模拟法庭竞赛。

对于大三的周明慧而言，这也许是她最忙碌的一个夏天：5 月才结束的国际羽毛球比赛、保研准备、大三的课业与实习工作，国际模拟法庭竞赛无疑让这个夏天加倍炙热。"时间真的不够用"，周明慧回忆道，除了每周一整天的实习，就是上午准备保研，然后下午到球馆训练，结束后到模拟法庭练习三点一线的连轴转。国际模拟法庭竞赛，对英语口语水平要求极高，这也无形中增加了备赛的压力。"不要说英语了，第一次参加'京都杯'模拟法庭比赛的时候，我紧张得连答辩状都念不通顺。"为了达到准确表达和通畅论述的水平，她在集体练习之外常常反复朗读文件资料，直到流利为止。没有特殊的方法或天赋，周明慧只是不断坚持，勇敢试错，不知过了多少个忍受孤独和失望的朝夕，她才终于和队友们一起达到了英文法庭辩论所需要的水平。除了英语和专业知识的练习，为了稳操胜券，队员们还要利用休息时间就训练中从未遇到的问题好好准备预案，常常写完，窗外早已泛白。

模拟法庭也好像是球场：她慢慢能够伸展肢体，轻盈敏锐地捕捉、回应每一记锐利的击打，在方寸之间留下自己羽蝶般的身影。最终，周明慧所在的队伍代表我校，取得了全球第 12 名的成绩，这也是我校参加该项赛事以来的最好成绩。

明日征途，化蝶以翻

四年前的夏末，周明慧以高水平运动员的身份进入了法大，带着懵懂加入了校羽毛球队，教练与队友的关心与帮助，让她在极短时间内融入了这个小集体。谈笑，同行，羽毛球队就是她的第二个家，让她感到熟悉而自在。

可到了学习上，周明慧明显地发现自己和同学之间存在不小的差距。"我知道他们入学的时候成绩会比我高，但是我也相信我可以通过努力，做得和他们一样好。"她自知基础薄弱，就主动出击。大一时，她要求自己每逢上课必坐前排，英语课上也尽量举手发言，锻炼自己的胆量和表达能力。课堂上无法理解的问题，她就课后自己了解拓展，逐个背记。这与她对待羽毛球训练的方式如出一辙：体能偏弱，她就每天拿一张垫子，独自加练体能；一个基础的网前动作，她也能沉下心，打坏一筐又一筐的训练球，做到最好。她把良好的身体素质、坚韧慎行的性格从球场带到学习中，也在无声中成就了自己。最终，她取得了学院综合排名第一的好成绩，又保研到了法大的民商法专业，如愿成为一个"文武双全"的学霸。

"人与人之间，并没有太大的差距——毕竟英雄不问出处，我能做得像他们一样好。"她轻轻笑着，仿若羽蝶从蛹中飞出，望着远方即将来到的日子，翩跹以行。

【CUPL 正能量第 212 期】胡一粟：永记初心的法大辩手

文丨团宣通讯社　路梓暄　杨　豫

引言：当逸夫楼一如既往地被自习的静谧包裹，3040 办公室却明灯长亮、论辩起伏，胡一粟就在其中，时而沉稳发言，时而专注倾听，时间是言语飞扬的舞台，汗水是巧思碰撞的结晶……无数个这样的夜晚，磨砺出法大的辩论利剑，也擦亮了他的奋斗初心……

人物简介：胡一粟，中国政法大学刑事司法学院 2016 级本科生，

校辩论队 2016 级队长。曾获 2017 年第二届临潮杯国际辩论赛临潮奖（季军），2018 年国际华语辩论邀请赛预选赛冠军，2018 年国际华语辩论邀请赛八强，2019 年世界华语辩论锦标赛·北京赛区亚军，2019 年世界华语辩论锦标赛八强，第七届天伦杯政法院校辩论赛冠军。在校期间，胡一粟致力于法大校内辩论生态建设，带领校队屡创佳绩。

辩字双辛，此间少年

四年本科期间，胡一粟参加过很多辩论赛，其中不乏重要且级别较高的赛事，但令他印象最为深刻的反而是在院队选拔和训练过程中的第一场练习赛。"当时的我身上还存在很多高中辩论时期的陋习，喜欢一些无意义的花拳绣腿和技巧攻防，结果被师兄师姐很严厉地批评了。"那场比赛的辩题为何在胡一粟的记忆中已经模糊，他只清楚地记得在那场比赛结束后，一个人偷偷地哭了很久，心里满是内疚。

"我高中就非常喜欢辩论，甚至入学法大时所填的入学目标就是进入法大辩论队深造。"2016 年的夏天，怀揣着对法大辩论队无比的热忱，这个叫作胡一粟的 18 岁少年第一次走进法大校园。当周围的同学还在社团招新活动中摇摆不定时，胡一粟早已做出了坚定的抉择——辩论队。

虽然在高中时就开始接触辩论，但当大一下学期校队第一次招新时，胡一粟认为自己的水平还不足以进入校队，于是他选择继续提高自身能力。正因如此，胡一粟对"法大辩论"有了更加全面的认识，辩论水平也有了质的提升。大二上学期，胡一粟顺利通过了校辩论队的秋季招新。当被问及为什么要坚持走进辩论时，"在我看来，辩论最大的意义在于推动辩手们观察和思考世界"，胡一粟如是说。

头顶星空，脚下沧海

"作为校队和院队的辩手，我在法大度过了四年，其实也发现了法大辩论的一些问题，我想改变点什么。"出于这种理想与心情，胡一粟选择留任校队队长。在经过院队与校队的历练后，他认为法大辩论最大的特点便是"谁在说话"和"说给谁听"。因为法学的学科背景，法大辩论对社会公平正义总有一份别样的关注，对程序正义总有一份别样的坚持，对于某些失声的群体有着更多的关怀。与此同时，胡一粟也发现了长久以来校内对于法大辩论的误解，"其实法大辩论从不排斥攻防，而是以有效的攻防去衔接深刻的学理、复杂的现象和阐释，既要做到深入，又要做到浅出。"胡一粟给出了自己的回应，亦是他一直追求的目标。

担任校队队长期间，胡一粟一直致力于在校内营造一个能够源源不断培养强大辩手的机制，一个能让辩论爱好者适得其所的环境，一个人人都认为"辩论有意义"的文化氛围。2019 年，校队自主举办了"沧海赛季"。"最先遇到的就是人手不足的问题，一方面是校队总人数不足，另一方面是校队负责规划办赛流程、制作推送、宣传、对接等的专业人手不足。"从一次次修改策划沟通细节，到现场彩排精益求精，在与光政辩协的朋友们共同努力下，大赛最终成功举行。

"可能因为我是个理想主义者吧，我想再次一睹法大辩论鼎盛时期的精彩和光华，仅仅为此而不断努力着。"背负着这样一份理想，在法大辩论的灿烂星空下，一只蝴蝶飞过了沧海。

锋出磨砺，梦圆初心

2019 年，胡一粟带领法大辩论代表队全程参与了第十五届"首都高校环境文化季"环保主题辩论赛和第七届"天伦杯"全国政法院校辩论赛两大全国辩论赛事。"当时大家除了这两个大赛还有校内赛和期末学习任务，其实某种意义上是三线作战。"胡一粟坦言，在这近两个月的备赛和比赛周期里，参赛队员们一度感到体力不支。

比赛之外，作为辩论队的主力队员，他还必须抽出时间为参加比赛的队员们准备练习赛。北京到重庆的奔波辗转，几乎一天一场的高强度比拼，是对辩手们体力和脑力极高的要求。赛程中，为了让大家的斗志和沉稳两方面达到最佳均衡，胡一粟一遍又一遍为大家分析比赛对手的实力，明确己方立论的胜负点，为每个队员明确任务，复盘得失，合理调整。在比赛的不同阶段，他都会用不同的方式来让大家放松心态，同时也积极迎战。直到两边同传捷报，双双夺冠，胡一粟才真正地舒了一口气，露出轻松而欣慰的笑容。

"回校后，队员都说一周没见，我整个人都憔悴了"，胡一粟笑言。辩论之路的确十分辛苦，也充满曲折，许多人也对他此间与收获不对称的付出提出过质疑，但这些质疑并未动摇他对辩论的热爱。虽然对于没能留下经典的比赛时刻稍感遗憾，但胡一粟从不后悔选择了辩论之路。"除了思考方式和视野上的进步，更重要的是结识了一批同好和朋友。我看到了自己的有限和不足，也想看到更高处的风景，更希望能看到法大辩论再创辉煌，所以我会在辩论领域继续前行，永记初心。"

"慢慢走，欣赏啊。"胡一粟将这句话献给所有的法大辩手与爱好者们。辩论既是认识世界的窗口，也是认识自己的旅途，也许大家因为不同原因走上辩论之路，也许不同的人在辩论中有着不一样的收获，但唯一不变的是在这条路上，真正有意义的是每个人的思考、感悟和成长。这些珍贵的经历和启发将在岁月里熠熠生辉，在时间里沉淀光华，让我们的未来，充满初心的模样，闪耀梦中的光。

"祝愿法大辩论，酣歌梦长。"

【CUPL 正能量第 213 期】国经 1802 班：聚是一团火

文丨团宣通讯社　郎　朗　秦新智

引言："我们所有人同路向前，彼此闪耀，聚若星河，照亮夜空。"从《玉兰辞》到"一二·九"舞蹈大赛，从互助学习到志愿实践。在这个集体里，每个人都努力成为一颗闪亮的星，各自闪耀，也倾力为共同的班级愿景奋战到底。他们相信，四年斑斓过后，他们中的每一个人都会散成满空星辰。他们有个共同的名字——国经 1802 班。

班级介绍：国际法学院本科 2018 级 02 班，曾获 2018-2019 学年院级优秀班集体、2018-2019 年度首都大学"先锋杯"优秀团支部，取得

军训歌唱比赛、2018 年"一二·九"舞蹈大赛第一名，在新生辩论赛、运动会、院庆表演等各方面均有突出表现。班内同学积极参加国庆 70 周年庆祝活动，5 名同学积极参加抗疫志愿活动，2 名同学荣获本科生国家奖学金，多名同学获得各类奖学金。

凡我在处，皆是法大

2020 年的寒冬还未褪去，疫情当头，各地涌现出无数"战疫"志愿者，其中有这样一群青春的身影，他们来自同一个地方——中国政法大学国经 1802 班。

"角儿无大小，共担风雨"，这是田茂澄写在日记中的一句话。2020 年 2 月 8 日，田茂澄正式成为一位社区志愿者，工作中的点点滴滴，让她在北方尚冷的二月寒天看见了人间暖阳。"当他们说出我名字的那瞬间，我发现自己已渐渐成为这个家庭的一员。"2 月 7 日，疫情防控进入关键期，王诗琦腰伤复发，无法亲身参加线下"战疫"，却毫不犹豫投身线上志愿工作；返乡大学生蔡萌在机位前核对用户登记信息，待眼睛酸涩之时抬起头，时间飞逝……"我愿意和我身边这群可敬可赞的人共同努力、同舟共济，共同迎接新一轮的春暖花开"，赵麟庆道。

嫩芽吐蕊春依旧，趁长风，学海踏浪，竞飞舟。无论是抗疫还是学习，国经 1802 班的他们都像一往无前的战士，书笔作盾戈。王元昊和苏诗喻以优秀的成绩共同荣获本科生国家奖学金。王元昊针对法学学科特征，将知识形成连贯的框架与体系，并结合案例加深理解。苏诗喻根据不同老师的授课特点针对性地选择学习方式，做好时间管理，提升学习效率。课余，他们会将自己的学习方法倾囊相授，得到高质量的学习资源后也会开启"共享模式"。

2019 年国庆 70 周年庆祝活动上，项真真、郑明慧和蔡萌作为"民主法治"方阵的一员，在经历酷暑的训练后走上了长安街，听着、喊着为国家繁荣富强的欢呼，心中是油然而生的自豪与骄傲。"我们是游行队伍中渺小的一分子，却每一个都不可少。这是我最难忘的回忆，是最珍贵的经历。"

相聚军都，相拥玉兰

时间倒回 2018 年的 8 月，彼时国经 1802 班的同学们正逐渐在线上完成集结，开学前的集体作业也在日渐活跃的班级群里被提上日程。经过讨论，线上集体作业最终以配乐诗朗诵和寄语一同组成名为《玉兰辞》的视频形式来呈现。此时，天南海北的大家还都素未谋面，班长王诗琦表示，准备作业前，她还在担忧大家是否愿意参与其中。带着些许担忧，她作为"领头羊"在班级群里及时发布各种消息、挨个"私戳"同学、落实分工。

出乎王诗琦意料的是，创作散文诗、参与朗诵、剪辑视频、书写寄语，所有的创作工作都如计划的那样有序开展。即使还都是素未谋面的"陌生人"，所有人都似乎已经把自己当作国经 1802 的一员，自觉地负担起集体作业中属于自己的任务。这些集体意识与个体自觉，就像一点一滴的水珠，浇灌在泥土中，让"班集体"的种子吐出嫩芽。

开学后，从一开始的班级团建，到后来举着"应援牌"在新生辩论赛上加油呐喊，从圆满完成《玉兰辞》的创作，到摘得新生辩论赛的桂冠，"一起经历过的每一件事情都是我们最美好的回忆，我们所有人一直一起向前走。"这是王诗琦藏在心里的话，也是所有国经 1802 班同学的心声。

星河迢迢，携手同行

当北方的天然"冷气"将衰老的树叶吹成碎片，他们也开始为一年一度的"一二·九"舞蹈大赛做准备。为了精益求精，参赛舞蹈动作和整体风格都进行了多次修改。往往是穿着厚厚的衣服来到舞蹈教室或地下车库，踢腿、旋转，一遍、两遍……最后再大汗淋漓地离开。

"到后期，大家多少都有些疲倦"，再回想，王诗琦还有些心疼，"不过大家都很配合，会尽快赶来排练"。那一段时间，送到每个同学手中温暖的奶茶和脆甜的糖葫芦是她代表班团委表达的心意。

正式比赛的那一天，中午大家便早早着手准备。两个女孩子细致地整理每个人的妆发，男孩子们去给大家买面包和水，其他的参赛同学一遍遍地熟悉动作。当音乐响起的那一刻，聚光灯照在他们身上，"就像平时练习一样踏出了第一步，后来整个人越来越放松"，第一个起舞的邵亚雅现在依然记得当时的感受。

退场后他们凑在门口听结果，听到分数后忍不住尖叫了起来。就像喻川月所说，"舞台下流汗的我们和舞台上发光的我们值得最好的结果。"

军都山下繁星点点，于夜幕中闪烁。人们会感叹星河璀璨，漫天长河，也都是一颗颗目光所及之渺小的星辰组成的。正是因为那些星子虽然微弱，但也拼力去发光发亮，才能让我们慨叹星河的壮美。正如国经 1802 班的同学们，正一路同行，彼此勉励、共同闪亮，才汇聚成最美的星河，燃成最炙热的光焰。

【CUPL 正能量第 214 期】张力：法评人是读书人

文字 | 团宣通讯社　蒋恩第　冯思琦

采访 | 团宣通讯社　路梓暄　郎　朗

　　引言："相对于指导教师的身份，我更愿意把自己当成一个永不退社的成员。"法评社，在已成为教师的张力看来还是当年的样子：志同道合的伙伴安守一方书桌，思想交锋、学术论辩，在自由的氛围中锤炼思想、开阔视野。"我希望作为未来'法评人'的你们，在二十岁左右时能够在这里寻找到一位挚友，发现自己前进的方向或是明了自己要成为一个什么样的人。"2010 年，在法评社建社十周年之际，张力写下《法评不是什么》，写给自己，也写给未来的法评人。

　　人物简介：张力，中国政法大学法学院副院长，副教授，中国政法大学法律评论社（简称"法评社"）指导老师。研究领域为行政法、行政诉讼法、地方政府法、助推理论（Nudge），教授课程包括行政法与行政诉讼法、行政法案例研习、美国行政法等。兼任中国法学会行政法学研究会理事。2004 年就读本科时加入法评社，2013 年执教法大后重返法评社担任指导教师，亦师亦友的他被学生们亲切地称为"力神"。

爱法律，爱读书

2003 年高考结束后，出于对法学的热爱，张力将高考志愿的每一栏都填上了法律专业。9 月，他如愿来到中国政法大学，开启他的法学之旅。

"当时没有新媒体进行信息传播，很大一部分的课余生活都是通过阅读报刊来调剂。"从食堂用塑料袋打包回饭菜，在小桌子上垫一张报纸，边吃边读，成为张力的习惯。2004 年春季学期初，张力同往常一样边吃边读报，在报纸上看到了法评社招募新成员的讯息，出于对法学的浓厚兴趣，便想着去接触了解一番。5 月，张力顺利通过了法评社的笔试和面试，就这样在偶然和必然的交错中，正式地成为法评社的一员。

从自行选择阅读书目进行每周一次的读书会分享，到"挖掘"老师中的学术"潜力股"进行约稿，再到成为一名编辑每年制作出版《法律评论》……法评社让张力感受到了与校园内大多数兴趣类社团不同的浓厚学术氛围和自由的社团环境。

一次参与读书会时，一位 2002 级的师兄在不查阅法条的情况下，对《民法通则》的相关条款进行清晰的复述和解读。这让他在开阔学术眼界的同时深感"众神云集"，更激励着他不断拓展自己读书的深度和广度，吸纳知识，丰盈自身学术底蕴。

2007 年张力离开昌平校区步入研究生阶段的学习，但两校区间的交通不便并没能阻断他和法评社的"羁绊"。读研期间，张力会常常返回熟悉的校园参与法评社的读书会，和师弟师妹们分享自己的阅读体验。此外，随着知识的汲取与研究的深入，张力还收到了编委的约稿，得以用另一种方式和法评社进行着无声而紧密的联系，"经常性的交流，让我觉得自己从没有离开过社团。"

学术领路人

2013 年，博士毕业的张力回到母校执教。从学生到教师，身份的转变让他渐渐感受到自己的学术之路又多了一份责任。恩师张树义的叮嘱——"对学术尊重，对学生负责"，张力始终铭记于心。

由于硕士生、博士生阶段和法评社仍保持着紧密的联系，加之对社团的热爱，张力回校执教不久便回到法评社，担任社团的指导教师。回想起本科时期在法评社的时光，他深感"指导教师"这样的角色对于本科一、二年级初涉法学的学生具有重要意义，"法评社就像是一个学生自发形成的无形的'法学院'，当年龙卫球老师、王人博老师、舒国滢老师、王涌老师等都在学术研究上给予了我很大的帮助"，张力希望自己也能像老师当年引导自己一样，在自由开放的氛围中陪伴学生学习研究，帮助学生提升思考问题的能力。

读书会作为法评社每周开展的常规活动，"选书、读书"成为成员们关心的焦点。在书目的选择方面，张力很少会指定书籍，更多是秉持着自由的理念，鼓励社团成员们基于自己的兴趣完成相应阅读。无论是民法刑法等专业类书籍，还是历史哲学等经典著作，都可以成为读书会上分享的书籍。同时，他还建议成员们在阅读过程中能记录下自己的所思所想，"雁过留痕，选择一本书不难，真正难的是将它读完，并记录下最真实的体悟"。

2017 级法评社成员宋佳恒回忆道："《法律评论》由杂志改回报纸，排版技术成了当时摆在我们面前最大的难题。"对此，张力主动帮忙联系 2011 级乃至 2008 级的法评社成员，寻找当年排版设计者的联系方式。几经辗转，当年排版者的号码却已是空号。就在编委一筹莫展之际，张力又主动向学生建议，帮助他们在网上寻找到合适的店家进行排版，最终解决了编委成员们心头的难题，帮助法评社渡过转型难关。

法评人的"力神"

从 2003 级的社团负责人，再到如今的指导教师，亦师亦友的关系中，张力也被学生亲切地称为"力神"。"作为一个学术性社团，在法评社内部其实学术'牛人'层出不穷，但能够'封神'的并不多。张力师兄虽然是行政法博士，但是对其他学科领域涉猎之广、研究之深，令我们叹为观止"，2013 级成员刘敬轲这样回忆道。无论法理、民商法，还是政治哲学、社会学，他都能引经据典，娓娓道来，并且扼住该学科的核心命题，从柏拉图、亚里士多德，到霍布斯、洛克、卢梭、尼采，再到罗尔斯、德沃金、拉兹，均可谈笑风生，并且给后辈指明该领域、该学科的研究方向和重点阅读书目。作为学者，踏实为学、不倦耕耘；作为师者，授业解惑、指点迷津，就这样，"力神"的称呼在法评社延续了一代又一代。

法评社在张力心中始终保有"既内向又开放的精神"。所谓内向，是指法评社每届成员只有十余人而已；所谓开放，是指这里没有明显的界线划分，只要愿意参与，法评社的大门随时向每一位法大学子敞开。

2017 级编委成员曾博回忆张力老师最常对他们说的一句话是"选择不难，坚持才难"。从本科期间广泛阅读汲取知识，到硕士生、博士生阶段参与法评社的约稿，再到执教后重返法评社陪伴社团成长，张力用十五年的坚持对自己所言做了最好诠释。

时至今日，法评社已迎来第 24 个年头，也成为一代代法评人在法大的另一个"家"。在成员们心中，法评社一直都是自由且温暖的地方，师兄师姐和师弟师妹间没有隔阂，可以畅快地分享自己的学术观点，哪怕只是一些朴素的思想，探寻真理的过程总能带给大家极高的愉悦感。2018 级编委成员唐浩洲这样分享他心中的法评社："无论是学术问题的讨论，还是想聚餐聊聊最近的生活，法评社都会成为我们最好的选择，这也是我选择留在法评社的原因所在。"

从青葱的学生时代到春风化雨的三尺讲台，张力的法评之路风景无限。如今法评社已走向弱冠之年，一批又一批法评人将带着对学术的初心与敬畏，将法评人脚下的路，绵延到更远更远处。

【CUPL 正能量第 215 期】黄雅婷：羽球小将再出发

文丨团宣通讯社　李梦瑶

　　引言：一个人提着满箱行李从北京西站下车，被学校的大巴一路送到法大门口，黄雅婷正拉着大包小包踏入法大。同所有新生一样，黄雅婷正式开启了自己的大学生活。不过黄雅婷有一件特殊的行李——那把陪伴自己多年的羽毛球球拍。背着这把球拍，她满怀期待望向法渊阁，这把球拍是她的过往，前方面向的是她的未来……

　　人物简介：黄雅婷，女，国际法学院本科 2020 级 05 班本科新生，曾获 2018 年省运会甲组女单冠军、双打季军、团体亚军；2018 年全国

中学生比赛女单季军、团体亚军、双打亚军；2019 年全国中学生比赛女单冠军、团体冠军；2019 年湖南省中学生比赛双打亚军、团体冠军。现已被录取为校高水平羽毛球运动队队员。

为爱拼搏，永不言弃

黄雅婷与羽毛球的邂逅始于童年时期。7 岁，当同龄人还在享受惬意的童年生活时，黄雅婷便被当地教练选中学习羽毛球。"迷迷糊糊就被选上了，也觉得挺好玩的"，彼时黄雅婷对于羽毛球的认识尚不清晰，只因初遇这项运动时觉得有趣，便开始了羽毛球的启蒙之路。

经过日积月累的训练，黄雅婷逐渐显露出打羽毛球的天赋，对这项运动的理解也更加深入，她逐渐爱上了这项运动，于是萌生了成为一名运动员的想法。有了理想就意味着必须为之付出，升高中时，恰逢训练基地有选拔计划，经过选拔后黄雅婷被当地羽毛球学校录取，开始了一边打球一边学习的高中生活。每天早上 6 点 40 起床，学习文化课到下午4点半，匆匆忙忙换好衣服后奔向训练场，训练两个半小时以后再继续上晚自习……黄雅婷的每一天过得相当充实和忙碌。其实每天的羽毛球的训练时间相当有限，但黄雅婷从不松懈，有时还会通过晚上加练来提高自己的技术。

然而，通往理想的道路上总会有不少荆棘。2019年年初，黄雅婷晚上加练羽毛球导致左脚脚踝骨折，脚上被打了石膏不能训练，因此停练半年，而此时2019年年底的高水平运动员测试已迫在眉睫。对于运动员而言，伤痛绝非小事，而竞技体育更是不进则退，何况黄雅婷需要休息整整半年，这意味着前路渺茫。"我当时心里很着急，心态也发生了很大变化。"

不过黄雅婷没有被挫折轻易击垮。悲伤与沮丧固然会有，但她没有过度沉溺其中，而是迅速调整心态，积极配合治疗，半年后身体康复再迅速恢复训练，并在复原两个月后的全国中学生女单竞赛中拿到了冠军。"我从来没有放弃自己！因为只有自己知道自己想要什么，该怎么去调整、怎么去做，我自己非常坚定。"于她而言，羽毛球是自己钟爱的运动，哪怕恢复慢一点，哪怕困难多一点，她也从未想过中途退场。

越努力，越幸运

上天会眷顾每一个勤勉努力的追梦人。2018 年年底，黄雅婷在省运会女单决赛战胜了一个专业队成员，获得该年度省运会甲组女单冠军。而此时法大羽毛球教练李楠正在现场看台上观看比赛，黄雅婷的出色表现令他印象深刻。出乎黄雅婷意料的是，2019 年年底，在高水平运动员测试前夕，李楠教练再次来到湖南，亲自前往黄雅婷的高中找到她，表达了自己对她的欣赏，并希望她可以来到中国政法大学学习。面对教练的诚挚邀请，黄雅婷感到非常荣耀。"法大是全国法学教育的最高学府，而且法大的羽毛球水平也很厉害，在大学生羽毛球比赛中女单、女双、混双都是冠军！能够被法大教练选中，真的很开心！"

凡事都有若偶然的凑巧，结果却都有若宿命的必然。巧合的是，因为黄雅婷的外公非常希望她学法，她自己也对法学有着浓厚的兴趣，黄雅婷在此之前也正是一直以法大作为自己的目标院校，教练的欣赏更是让她信心倍增。于是黄雅婷带着自己的期许和教练的期待，更加坚定地报考了中国政法大学，顺利通过了高水平运动员测试，最终如愿被录取。

黄雅婷如今依然感叹于这段幸运的经历，她以"幸运"作为描述自己过往经历的关键词，"真的很幸运能遇到教练"。但实际上，命运只会眷顾做好准备的人。"痛楚难以避免，而磨难可以选择"，黄雅婷以这句话作为自己不断战胜磨难的座右铭，而她喜欢的泰国羽毛球运动员因达农也具有这样的一种韧性。或许，坚韧早已被刻入黄雅婷的性格中，黄雅婷所谓的"幸运"实际上正是她的汗水折射的光芒。

法大梦想，精彩"羽"共

黄雅婷自知与许多优秀的同学相比自己的学习成绩略显不足，于是暑假期间，她在保持羽毛球训练的同时也提前预习了民法总论。"都说学法很难，确实有很多要去学去背的东西，我是笨鸟先飞。"从湖南到北京，从羽毛球场到法渊阁，黄雅婷继续以坚韧为桨，希望也能在法学这片汪洋学海中继续徜徉。

黄雅婷也不止有羽毛球这一个标签。由于羡慕别人可以写出一手漂亮的好字，黄雅婷在高考后的暑假开始学习书法。高中忙碌的学习和训练让黄雅婷没有时间发展自己的爱好，因此暑假期间黄雅婷探索了一个全新的领域，希望能给自己带来一种新的可能性。"老师说我握笔太用力了，搞运动的手，不太柔和，还得多练"，她身上的坚韧再一次钻了出来。

对于未来的学业与人生，黄雅婷并未过多设限。但是言辞之间，她对未来和梦想都颇有期待。"高中时相对于学习我比较偏向于羽毛球，所以在大学里，我希望学习和训练能够并重。也希望能向优秀的师兄师姐学习，期待与更好的自己相遇。"她期待着未来能够在学业与羽毛球生涯间做到进退自如，在法大找到自己的方向。

永远不畏惧为梦想付出坚持与执着，幸运便藏在命运的转角处。黄雅婷相信未来不远处，站着一个更优秀的自己。"我希望能为法大争光！"黄雅婷开始书写自己的法大故事，一笔一画，写出更璀璨的未来。

【CUPL 正能量第 216 期】李想非凡：而今非凡从头越

文丨团宣通讯社　杨　豫

引言：一圈一圈，用胶带绑好每一枚指甲，端坐筝前，抚出流水行云，直到窗外的天空从蓝色过渡成紫红……为了让悠悠古筝在金色大厅更完美地奏响，让中国千年的乐音袅袅环绕国际音乐殿堂，她竭尽所能地努力着，努力着，像她习惯的那样。

人物简介：李想非凡，江苏泰兴人，就读于中国政法大学国际法学院 20 级涉外法律人才培养模式实验班。师从中国古筝协会副会长张斌

先生，学习古筝 16 年，曾获"第九届文化中国·维也纳金色大厅青少年文艺晚会"中奥交流优秀使者称号，韩国世界青少年"首尔杯"音乐、舞蹈、器乐艺术大赛大金奖。于 2020 年，以优异的高考成绩被中国政法大学录取。

16 年前，在江苏的小城中，一个女孩眨着亮晶晶的眼睛，看着老师的手指翻飞舞动，抚响琴弦。一下子，她就被古筝单纯而深厚的声音吸引住了，在家人的鼓励下，她很快正式开始了古筝学习。

从那个夏天，李想非凡开启了新的生活模式。放学回家，掏出作业，完成后就开始练古筝。为了能弹出心中优美的乐声，奏出优雅的姿态，李想非凡每天至少要练习半小时，甚至为了弹好曲子，要练一到两个多小时。一分耕耘一分收获，她的古筝水平迅速提高，不仅找到了初学时自己喜爱的琴音，更得到了老师的青睐。

在学古筝的第五个年头，李想非凡收到了老师的邀请：去金色大厅，代表中国青少年为世界音乐友人演奏中国音乐。彼时，她正处于小

升初考试的压力中，备赛无疑再添负重。但一想到能在宏伟的金色大厅中为世界友人演奏她心中最美的古筝，她就毫不犹豫地答应下来。李想非凡演奏的曲目，是由她的恩师张斌先生创作的《银杏之歌》，乐曲用旋律描绘了银杏灿烂优美的模样，无论是演奏形式还是演奏内容都蕴含着中国传统文化表达和审美观念，同时也对演奏者技术和表达能力提出了极大挑战。

对于"魔鬼排练"，李想非凡认为"在技术上没有特别困难的地方，反正只要一直练一直练，总会达到效果的"。经过从寒假到暑假的高强度训练，李想非凡和同学们终于在银杏葱绿的八月一起站在维也纳金色大厅，作为中国青少年代表，为世界带来了动听的《银杏之歌》。这次晚会不仅为李想非凡提供了广阔的舞台，更让她充分感受到了异域文化风采，锻炼了自己的综合音乐素质，她也在这次活动中获得了"第九届文化中国·维也纳金色大厅青少年文艺晚会"中奥交流优秀使者的称号。

进入中学之后，李想非凡渐渐减少了外出的表演和比赛。"毕竟学习压力还是有的，在把重心转到学习的过程中也没有太多的犹豫。"她清楚古筝只是自己成长路上嵌镀流光的一技之长，因此适时而坦然地将其稍稍放下，进入了更加专注的学习状态。

填报高考志愿时，李想非凡没有过多的纠结就填报了法学。"法学似乎是很有趣的，而且也很有意义。"李想非凡的父亲是一名检察官，从她小时候起，父亲就常常给她讲述自己在工作中遇到的趣事和感悟，引导她从法律的角度去分析问题，潜移默化中让守护法治正义的价值观深深留在她的心底。在衡量了自己的成绩之后，她最终定下考到"中国法学教育的最高学府"——中国政法大学的目标。高三，对于读理科的李想非凡而言，是日复一日的练习，是终点遥遥的冲刺，是枯燥磨人的时光。但回头望去，她却不觉得这是一道难关。"我比较顺其自然吧，虽然妈妈会比较严格，但是高三的确应该这样，那就这样做了。"

"同学们一定是超级厉害的人，以后一定要更加努力了！"当查到法大涉外人才实验班的录取通知，在欣喜之余，李想非凡也感到了不小的压力。虽然初入大学生活，并没有精准的方向和细致的计划，但早已习惯努力的她也绝不会马虎对待。"大学就是从'要我学'变成'我要学'了嘛，还是希望能学更多知识来充实自己，提高自己。"李想非凡希望依旧能将重心放在学习上，同时在校园活动中找到一份值得为之付出的热爱。充满未知欣喜与挑战的前路，已经为李想非凡，也为所有像她一样奋力奔跑进入法大的 2020 级新生，延伸到光亮的远方。

　　"一旦喜欢，一件事情做起来就不能说是困难，因为就算会累，至少努力不困难"，依然是一脸羞涩的微笑，李想非凡轻轻地说。关于大学生活，关于未来方向，她没有轰轰烈烈的誓言，却早已下定决心，以一如既往努力的姿态，一路向前。

【CUPL 正能量第 217 期】王竹溪："桶前"值守者

文｜团宣通讯社　郎　朗

　　引言："我希望垃圾分类能够成为人们的生活习惯，成为更加文明的自然行为。"日光西斜，汗珠从滚落到凝结。王竹溪的身影被渐渐拉长，她捧着一沓厚厚的分类图册，给来往的社区居民分发图册，宣传垃圾分类。王竹溪随手将黏在额头上的碎发撩到后面，裸露的手臂上能清晰地看见几处红红的蚊子叮咬过的痕迹。

　　人物简介：王竹溪，德语 1901 班本科生。2020 年暑假期间参加了我校青年志愿者协会推出的北京社区"垃圾分类桶前值守行动"的志愿服务项目，作为北京市房山区潞春社区志愿者之一，与该社区约 35

位团员组成的志愿者团队共同进行社区居民垃圾分类引导和宣传。通过分发垃圾分类图册、建立共享图书屋等行为，在积极劝导居民开展垃圾分类、推动社区垃圾分类习惯养成上展现了法大学子的精神风貌。

8 月初，蝉鸣在树荫里穿行，阴影映在绿色的袖标上；灼烧的阳光翻动起滚滚的热浪，掀起她细碎的黑发。王竹溪和她所在的志愿者团队已经迎着热浪，开始在北京市房山区潞春社区进行垃圾分类宣传。

2020 年 5 月 1 日起，新版《北京市生活垃圾管理条例》正式实施，进一步推动垃圾分类与疫情防控有机结合，通过"看桶""守桶""护桶"，有效劝导居民开展垃圾分类，推动社区垃圾分类习惯养成。在居住小区掀起"宣贯条例，垃圾分类，构建城市文明、社会文明、生态文明新风尚"的新高潮。

家住北京的王竹溪在自己的社区也经常能看到垃圾分类志愿者在进行宣传，这些身影给她留下了深刻印象。7 月，王竹溪听闻法大青年志愿者协会也推出了北京社区"垃圾分类桶前值守行动"的志愿服务项目，辅导员也鼓励他们积极参与垃圾分类志愿活动。在北京疫情刚刚缓解的暑假，她就毫不犹豫地正式加入了垃圾分类志愿者的大军。

王竹溪在自己社区——北京市房山区潞春社区参与垃圾分类宣传，整个志愿者团队大概 35 人，小到中学生，大到已经参加工作的人，都是这个社区的团员。她与其他志愿者的值守时间集中在工作日的早上 7 点半到 9 点半和晚上 6 点到 8 点，也就是居民早晨上班时间和晚饭后散步时间，而这也正是垃圾投放的高峰时期。"我们的任务主要是在垃圾站点帮助居民垃圾分类，并发放分类图册进行宣传"，王竹溪说。

王竹溪在进行宣传时，也会观察居民的垃圾投放。她发现很多居民之所以不愿意进行垃圾分类，是觉得垃圾很脏，尤其是在分类厨余垃圾的时候。了解这一情况后，她和志愿者团队随即向社区进行反映，居委会联合志愿者，借鉴其他社区的先进经验，在垃圾桶上增加了"脚踏式开桶盖拉绳"和"金属破袋神器"等人性化的设计。尤其是"金属破袋神器"，它是在垃圾桶上安装一个尖锐金属，从而能够划破厨余垃圾的垃圾袋，人们不用再拖着厨余垃圾往桶里倒，也就更能激起他们垃圾分类的热情。

在这次志愿服务中，王竹溪亲身体会到市民们对于垃圾分类的支持。她看到几乎所有居民都能够自觉将垃圾袋与厨余垃圾分开投放，将不小心散落在地上的垃圾捡起扔到桶里。"有些叔叔阿姨们，还会打扫垃圾站前的落叶和纸屑，保持垃圾站前的清洁。"

北京的夏天潮湿而又闷热，垃圾桶旁难免会有阵阵恶臭，晚上还有蚊虫。但是在王竹溪眼里，只要看到大家能遵守分类规则投放垃圾，就很有成就感。"也算是为我的家乡——北京城市垃圾分类和可持续发展贡献一分力量吧"，王竹溪笑着说。

团员暑期志愿服务时，正是垃圾分类初期的关键阶段，要让居民从

"要我分类"的被动向"我要分类"的主动上精准发力。像王竹溪一样的众多志愿者所做的，就是让分类理念成为人们的生活习惯，成为更加文明的自然行为。

"我相信只要每个人都愿意共同努力，将垃圾分类当作文明的自觉，不只是北京，每座城市都能用'绿色'缀名。"

王竹溪所在的社区举办过团员志愿服务的活动，大家聚在一起做过关于垃圾分类的游戏，还利用回收书籍在社区建立了共享图书屋。在她印象中，志愿者们顶着火辣的太阳，组装书架，汗水从他们的额角滑落成一道道晶莹的弧线。

在王竹溪看来，近几年，北京市的社区实际上具有垃圾分类的基础，人们大多具有垃圾分类的常识，只是在细节处理上不够到位，而这次垃圾分类推广就是让垃圾分类进一步细化。"不过还是希望居民能够再认真学习一下宣传册，比如说大棒骨、玉米衣等其实是属于其他垃圾。"有意无意中，普及垃圾分类知识已经成为她生活中的一种常态。

"取之有制，用之有节则裕。垃圾分类与实现可持续发展息息相关，更是北京市清洁卫生领域的变革。我也希望社区工作者能及时提供便民服务，让垃圾分类成为每个人的生活习惯。"

让每一袋垃圾找到属于自己的归宿，让"APEC 蓝"真正变成"北京蓝"，让可持续发展真正成为每个人心中文明的尺度，所有的改变，都离不开每一个像"桶前值守者"一样的身影，风吹柳梢头，白云苍狗，她们的身影依旧。

【CUPL 正能量第 218 期】金晨辰：君子无所争的习武者

文 | 团宣通讯社　秦新智

引言：旧日那缕清风又一次不知疲倦地掠过，掠过花开花落，掠过云卷云舒，掠过微凉的田径场，也掠过翻飞的浅绿色衣角，勾勒出金晨辰五年如一日练武的身影。吸气，气沉丹田，呼气，沉肩坠肘。她云着手，风也随之轻动，脚尖虚点地面，蹬腿，野马分鬃，揽雀尾，每个动作都踩在大自然最和谐的韵律上，恍若与自然亲昵交谈。

人物简介：金晨辰，女，民商经济法学院 2018 级本科生，现为中国政法大学校武术队、武术协会成员，主项太极，兼学武当剑。曾多次随队参赛，获 2019 年首都高校武术比赛集体太极扇一等奖、集体太极拳三等奖。"武术之于我，是一种培养心性的方式，'君子无所争'，重视自我磨炼甚于与人争胜。"她认为习武不在于竞争与荣誉，而在于心性的培养，五年如一日的练习是她在武术里最为质朴的坚持。

她与武术从初遇到久练，从陌路到相交

下午 5 时，属于午间的热烈开始消散，金晨辰换好宽松的衣裳照常去操场进行武术队训练。她先跑完两圈再踢踢腿进行热身，热身做得很充足也很仔细，确认筋都拉开了才开始一天的太极训练。太极考验耐

性，她也打得很慢，遇到不太熟悉的地方会刻意放慢速度，跟着队里的师兄师姐一点点地学。待学累了就抽出一早带来的软剑，挽几个剑花再打几招太极剑，深藏于武术本身的热血就这样自然地涌上心头。

金晨辰学习武术已经有五年，武术训练早已超过上千个小时，有关武术传统文化的书也看过一本又一本，翻过一遍又一遍。她第一次正式了解并开始学习是在中考后的暑假。在妈妈的支持下，她开始向朋友讨教。无数个白昼夜景中，她好奇又惊喜地上手太极，而后又摸索武当剑。太极逐渐融入了她的生活，武术不再是存在于嬉戏打闹中遥不可及的事情，而成为她生命中最不可或缺的一笔。

付出方有回报，落雨方现彩虹

随着与武术接触的深入，相对于室内狭小而隔离的空间，金晨辰越发地爱上了室外宽敞通风的训练环境，体悟亲近自然、与天同纳的感觉。但浙江的梅雨大抵在七月就开始了，淅淅沥沥一连数日也不会停。为保证基础的训练量，每到下午金晨辰就蹲守在窗户边，等到雨变小后迅速冲出家门抓紧训练。每逢那段时间，总有几次，骤然而落的雨会将她淋得措手不及。从汗水浸透的衣衫到落雨浸湿的墨发，从室外飘散的尘土到细雨初霁的清香，于金晨辰而言，武术是立体的、鲜活的、动态的，是需要她主动投身其中方能有所感悟的对象，是她愿意为之付出的热爱。

"相比于长拳、南拳这些快而猛的拳，太极对身体的磨损极小，它更考验你每天一点一滴的积累。"金晨辰学习武术有两种方式：跟着别人现场学习，或从网络搜索视频自学。看视频学习的过程是艰难的，一方面在于学起来既不方便又不迅速，另一方面在于学完后睡一觉起来就脑袋空空。她尝试把连段的视频分段，逼迫自己每天看完几小段。很多时间她的学习就是一段视频翻来覆去地看，琢磨每个动作，一天能看三到四小时。看完后脑子依然不停转，一连串动作在她脑海里反复模拟，反复回忆。

"学习武术是一个正反馈的过程，只要你坚持，它就会不断反馈回来培养你的气质。"金晨辰谈起这些的时候，一身清雅。

与武术交流，收获了朋友也磨炼了自己

"武术带给我很多重要的人，很多之于我是亦师亦友的存在，很多一起流汗、流泪甚至流血的'兄弟'，他们和武术本身一同构成我生活与情感的支柱。"

2019 年暑假，随着中国大学生武术套路锦标赛的逼近，校武术队开始为国赛进行针对训练。"国赛前的训练确实辛苦，临近武汉比赛，金晨辰依然坚持每天训练，熟悉动作"，一同参加比赛的康智皓如此评价当时的金晨辰。

那是夏天阳光最猛的时段，也是队里训练最猛的阶段。当大部分同学早已放假归家，空旷的操场只剩他们从这头磨到那头，从烈日当头磨到夕阳西落。"我们去放空自己的大脑，去感受每个动作的细节，太无聊时再穿插几个笑话，时间就这样过去。"日光很晒，人影在日光下也很清晰，那种一个脚印叠一个脚印踩出来的平实与坚定，是金晨辰记忆中最鲜明的部分。

"武术内敛、自律，有豪气而不逞强斗勇，宁伤己不伤人，不固定器械、不苛求环境，也不需人陪练"，金晨辰这样评价武术。这本质上就是她的样子——君子，无所争。随着武术越发地融入她的生活，她可以独自一人练很久的武术，也不再怄气与人争高下。武术对她而言，每招每式无处是目标，又处处都是目标。大到追求整个过程的和谐，小到调节每次呼吸，她的成长见证在咫尺之间，独属于武术的内敛沉淀于她每一息之中。

五年走过，在金晨辰了解武术学习武术的同时，武术也在不断地塑造她、成就她。与武术的相遇正赶上她性子最叛逆也最躁动的年纪，也恰好与她学习压力高度集中的岁月叠在一起。"武术始终陪伴我，在我受学业焦虑和功利情绪影响的时候，它能够把我拉回平静的状态。"她以最平常的心对待最热爱的事，以最质朴的坚持来完成对于武术的修行，时光将武术带到她身边，而她，将武术带入自己的生命。

【CUPL 正能量第 219 期】
蔡元培：从"学术十星"到军都学者

文 | 团宣通讯社　路梓暄

采访 | 团宣通讯社　陈　羿　王鹤霖

引言：2013 年，第十一届"学术十星"论文大赛获奖者——蔡元培。

2020 年，第十八届"学术十星"论文大赛优秀指导教师——蔡元培。

2020 年 9 月 25 日晚，在刘皇发学术报告厅的璀璨灯光下，新一届"学术十星"李梦洁从她的指导老师蔡元培手中接过"水晶星杯"的那一刻，对于老一代"学术十星"蔡元培而言，两代"十星"在同一个学术殿堂交汇，这样充满仪式感的"师道传承"让他更加坚定了自己的学术初心。

人物简介：蔡元培，中国政法大学刑事司法学院讲师、硕士生导师，研究方向为刑事诉讼法学、证据法学、监察法学。2009 年至 2013 年，中国政法大学国际法学院本科生，获法学学士学位、经济学学士学位，毕业考取北京大学，获法学硕士、博士学位。2016 年至 2017 年，在加州大学伯克利分校法学院做访问学者。本科学习期间，在第十一届"学术十星"论文大赛中获得"学术十星"称号。

学术初心承师道

"法学当年看起来前景并不好，但正因如此，它才显得更有意义和价值，更需要我们为之努力。"怀揣着这样的理想，2009 年，蔡元培来到了法大，开始他的大学生活。初入校园，蔡元培同许多人一样，对于大学生活感到些许迷茫。当时，蔡元培住在菊园二楼的八人间，舍友们的勤奋深深打动了他。从那开始，蔡元培意识到这和他设想中悠闲的大学生活迥然不同，"法大校风学风非常严谨，同学们都非常刻苦"。随着时间的推移，蔡元培也慢慢地适应了大学里紧张的学习氛围，找到了自己的节奏。

作为法大学生，社团活动、辅修学习同样没有缺席蔡元培的日程表。从一名新生部员做到了社团骨干，他在与师兄师姐、师弟师妹的交流中收获良多，而他至今犹觉难忘的是，在毕业离校十天后回到法大参加的最后一堂"经济学"期末考试，"读书没有毕业典礼，学习永不止步"。"在没有发现你的兴趣和专长之前，最好保持全面发展。无论是读书、参加社团，还是创业，只要有机会又不冲突，就可以多去探索尝试。"

正是在法大，蔡元培开始了他对学术的初步尝试。2013 年，蔡元培以《表象与悖论：刑事诉讼变更管辖制度问题研究——基于京、新、苏南通三地实证调查》一文，获得了第十一届"学术十星"称号，同年还在北京市和国家"挑战杯"大学生课外学术科技作品竞赛中，分获特等奖和二等奖。法大给蔡元培提供了学术启蒙的环境，令他印象极为深刻的是创新项目答辩时和老师们产生了学术争议，由此带给了他新的灵感与启发。答辩完，他仔细反思老师们的建议，再落实到文章里，论文质量果然有了提升。因此，蔡元培最为感谢的就是在这个过程中提出宝贵建议的老师们。时至今日，重回法大任教的他，也循着当年自己老师的"师道"，始终认真地为自己的学生提建议、改论文，启发他们自主学习和思考。

"有时排除掉几个错误选项，你离正确选项就越来越近了。"这是蔡元培本科阶段得到的宝贵启示：勇于探索，敢于尝试。也就是在本科读书时期，蔡元培找到了自己的学术志趣。

"陪法大变得更好"

"当年教授我们刑事诉讼法和证据法的汪海燕老师、卫跃宁老师、郑旭老师，还有栗峥老师、郭志媛老师、元轶老师，等等，他们从不同的视野、角度全面讲授某一部门法的体系结构，是他们将我引上了与学术相伴的人生道路。"回忆起本科的学习经历，蔡元培始终感念法大的老师们，也出于对学术的信念和热爱，他毅然选择回到法大，成为一名教师。

研究生一年级时，蔡元培的导师汪建成曾问他："你以后想做什么？想不想成为一名大学老师？"当时，刚刚研一的蔡元培对未来并不确定，但就在一星期之后，蔡元培找到导师："老师，我想好了，我要做学术，我想读博士，我想做学术。"令他震惊的是，导师继续问他："那你有没有信心，以后能够超越我？"对于这个问题，蔡元培至今也没有正面回答，但从那时起，他一直将自己的导师设定为目标榜样。从此，蔡元培更加专注于学术，研究生阶段再也没有出去实习，也没有投过任何一个实务部门的简历。北大的读书经历让蔡元培更加坚定了本科时的初心——做好学问，这样的学术追求，也在今后漫长的时光中慢慢得到了践行和升华。

博士毕业后，蔡元培一心想回到法大任教。正如他经常对自己的学生们讲：这四年法大的学习经历，可能会是你一生中最宝贵的经历。对蔡元培来说，正是因为法大的本科经历，才让他对法学和法大有了一种更特殊的感情。"四年四度军都春，一生一世法大人。虽然我们总开玩笑，吐槽'小破法'：食堂、宿舍、校园……但我们都很爱这里，希望法大能变得更好，所以，我们一起陪着它努力。"

代代"十星"耀军都

2020 年 9 月 25 日晚上举办的第十八届"学术十星"论文大赛颁奖典礼，对蔡元培而言，有着不一样的意义。活动结束后不久，他在自己的公众号"军都山法学"更新了一篇文章：从大三那年开始，我一共参加过四次"学术十星"颁奖典礼。每次都是以不同的、全新的身份。大三那年第一次参加，我的身份是一名陪跑者和观众；大四那年，我荣幸地成为第十一届"学术十星"获奖者；2019 年，我的身份是颁奖嘉宾和讲座嘉宾；今天，我以指导教师的身份再次来到这个舞台。世界是如此奇妙，我越来越相信，每一场邂逅都是冥冥之中自有天意。

让蔡元培以指导教师身份第四次参加颁奖典礼的学生，是国际法学院 2017 级本科生李梦洁。然而，两代"十星"师徒的相遇也并没有特别之处，李梦洁在大三上学期选修了蔡元培的证据法学，而蔡元培生动、严实的授课风格让她对证据法产生了浓厚的兴趣。"上'证据法学'的同期，我在准备'理律杯'全国高校模拟法庭竞赛，赛题中争议的焦点问题也有关'刑事证据'。"围绕这些问题，李梦洁向蔡元培多次请教。在李梦洁的印象中，蔡元培总是十分耐心细致地解答她的问题，并且给予她很深刻的启发。而在她撰写和修改论文的过程中，蔡元培总能及时回复，并逐一指出她文章中存在的"案例数据检索不足""学术用语不规范"等具体问题。"蔡老师开的课很多，科研压力也很大，即便如此，他还能很细致地指导我写论文，我十分感激蔡老师，也觉得很幸运。"就这样，从选题、资料、框架到初稿、二稿、三稿……直至定稿，蔡元培指导李梦洁把论文反复打磨了两个多月。

蔡元培眼中的李梦洁非常刻苦，每次他提的很多意见，李梦洁都会落实到文章里，也使文章越来越完善。直到终审答辩，李梦洁的文章一共修改了六稿，就连终审答辩时用的演示课件，蔡元培也指导她改了两稿。"法大的很多学生都非常踏实刻苦。尽管校内的资源十分有限，但我相信真正优秀的学生必然都能脱颖而出。"蔡元培从不吝啬对法大学生的肯定。

"'学术十星'，为什么要叫'星'呢？那是因为知识如同宇宙，我们所处的空间如同黑夜。而且是没有太阳的前夜，只有星星，黑夜注定是孤独的、压抑的。要想做好学术，我们定要做好和漫长黑夜做斗争的思想准备，否则就看不到黎明破晓这样美丽的景象。"从"学术十星"到三尺讲台，蔡元培寻到了属于他的学术之路，灿若繁星，师道传承，他还在以"十星"之光点亮更多勤奋踏实的法大学子。

【CUPL 正能量第 220 期】
政治 1802 班团支部：青春有团学，学子共成长

文丨团宣通讯社　贺晓菲　李元嘉

　　引言：永定河畔、宛平城西，中国人民抗日战争纪念馆坐落于此。历史厚重，温润铸锭于汉白玉石柱表面；风与云喧嚣，裹挟卷起猎猎红旗。肃穆的眼神穿透 88 年望见那一夜的残月，刀枪剑戟、炮火硝烟的回响灌入每一位学子的胸膛。此时此地，有这样一群青年，他们的青春与历史汇入同一条河流，名为成长。

　　人物简介：中国政法大学政治与公共管理学院 2018 级政治学与行政学 2 班是政管学院的模范班级。自入学以来，政治 1802 班坚持每两

周组织开展一次团学活动，班级同学学习成绩优异，学业奖学金人数占年级总人数的 53%。政治 1802 班曾获得"校级优秀班集体""优秀团支部"等称号。

团学路漫漫

清晨 6 时 40 分，中国政法大学昌平校区，朝霞温柔唤醒尚在酣睡中的校园，学子三三两两走过宪法大道。此时在逸夫楼的某个角落，政治 1802 班的同学们正认真地聆听着本周的团学课程内容。团支书沈真贞是本班团学活动的主要负责人，她说："在工作开展最初，为了协调好班里每一位同学的时间，我们班的团学活动只能定在早上 6 点 40 分举行。"就这样，每一周，1802 班的同学们都会在一个蒙蒙亮的清晨汇聚学习。时间滴滴答答，不知不觉历经一年，教室黑板上白粉笔所书写的大标题，由"学习党的精神""纪念金庸先生逝世"，再变为"《共产党宣言》经典阅读"，类型丰富的团学活动主题是 1802 班团支部用心设计的最终呈现。

"其实在上大学之前，我从来没有独立地组织过一次班级活动，最开始工作常常是'懵圈'的状态"，沈真贞坦言。每一次团学活动的前期策划、动员宣传、结束总结，对她而言都意味着新的挑战。但就是这样，经历一次次摸索，沈真贞的组织能力、沟通能力、处理问题的能力日渐提高。经过民主征求同学们的意见，综合考虑团学活动的课程质量，原本每周一次团学活动的计划合理修改为两周一次。现在的她，组织团学活动更加得心应手，政治 1802 班学习的视野也越来越广。

实践出真知

"习近平总书记指出，《共产党宣言》是一部科学洞见人类社会发展规律的经典著作……"，沈真贞站在讲台上这样讲道。2018 年是马克思 200 周年诞辰，彼时刚刚组建的政治 1802 班团支部紧跟时事热点，将《共产党宣言》定为团学活动的经典阅读书目。两本红色的小册子，以宿舍为单位，在班里的同学们之间传阅交流。在阅读后的分享会上，班里的同学们在交流环节踊跃发言和讨论，思想的交锋也常常上演，这样热情与积极的态度，是沈真贞最初所没有预料到的。

1802 班刘思蔚同学非常肯定举办团学活动的意义。"通过团学活动，我了解了很多党的历史和故事，这和我们班所学习的专业也很契合，潜移默化中便深化了我对理论知识的理解。""当代中国政府与政治"是政治学与行政学专业本学期的专业必修课，党的十九届四中全会召开后不久，政治 1802 班便趁热打铁，联合政治 1801 班召开了"党的十九届四中全会"这一主题的团学班会，同学们坐在一起回顾了老师讲授过的理论知识，再上了一堂"专业课"。

在团学活动中，理论知识得以实践。不隅于军都山下小小一角，国家博物馆、中国人民抗日战争纪念馆、孔庙、国子监也是同学们的团学知识实践园地，政治 1802 班的同学们将脚印刻写在更多的地方。团学活动收获的直观体验与感受附着于圆珠笔尖，一字一句轻轻落在空白的答卷上，化为出彩的班级集体成绩。

青春共成长

谈及"班团一体化"建设的成果，班长杜粤成多次提到政治与公共管理学院 18 级辅导员刘慧老师。"刘慧老师经常教导我们，希望每个人在毕业后回忆起自己的大学时光，首先想到的是自己的班级而非社团。"杜粤成笑着说自己"操碎了心"，对同学们有求必应，在和同学们打打闹闹的相处中了解他们的学习状态和生活情况。而刘慧老师本人，每周都会坚持召集年级班团干部会议，通过班长汇报认真了解各班级同学基本状况，安排部署下一周"班团一体化"的工作内容。

如同两周一次的团学活动，一周一次的汇报工作也经历了从参与不积极、不适应、不理解，直到现在常态化的过程，从班团干部到同学们最终都适应并且理解了这样的方式，也发自内心地扭转了态度，积极配合并且主动组织参与，最终将政治1802班的同学们拧成了一股结实有力的绳。集体凝聚力外化体现在每一次班级集体活动的参与度上：早上6点40的团课几乎座无虚席，交流讨论经典阅读书目，积极报名文体活动，分享期末考试前的重点与笔记……大家仿佛有心照不宣的默契，每一位班干部、每一名同学，都在身体力行地用心对待他们四年青春的共同归属——政治与行政学1802班，让彼此之间成长的"羁绊"更加深刻。

"温暖"、"快乐"还是"团结"，团支书沈真贞不知道该用哪个词描述这个"家"更为确切。她总会想起第一次全体合照，"大家坐在一起上专业课，我们一个班，就这样整整齐齐的"。

【CUPL 正能量第 221 期】法大女足：夺冠路上

文 | 团宣通讯社　李梦瑶

采访 | 团宣通讯社　李梦瑶　赵春铭　王韵怡

引言：台风天，一场雨球，草皮早已被雨水冲刷得泥泞，球鞋已沾满了淤泥，早不知脸上流下的是汗水还是雨水，似乎只能在模糊间辨认足球的位置。但大雨浇不灭她们的激情，"拼了！"这群姑娘们奔跑着、呐喊着、拼搏着，似乎是球场上一团团燃烧的火——这场足球赛，尽管下着雨，也要接着踢完……

团队简介：中国政法大学女子足球队建队至今已有 30 多年，现任教练为王巍老师、张宇老师，近年来，法大女足代表学校获得过多项荣誉：自 2011 年至今，女足获得 16 次北京市赛的冠军、2 次北京市赛的亚军和 3 次北京市赛的季军；在 2015、2016、2017 赛季，三年内连续

获得北京市十一人制、北京市五人制和全国五人制比赛冠军。自 2011 年以来，法大女足已获得 16 座冠军奖杯。2023 年首都高校女子足球联赛中，法大女足成功续写辉煌。

夺冠背后

朋友圈里是大家夺冠后的喜悦，庆功宴上满是笑意，然而奖杯背后的艰辛绝非轻描淡写可以概括。在以往的五人制比赛中，法大女足一直是以大比分领先对手的绝对优势夺冠，然而去年的五人制比赛遇到了法大女足的老对手北京物资学院女足，民商经济法学院 2019 级的凯西正是此次比赛的球员之一。"1 比 1 打平""2 比 2 打平"……棋逢对手，比分持续咬紧，分数不断被赶超，紧张气氛一直延伸到下半场，直到比赛快结束时双方一直未能打破僵局。凯西冲破夹挤包围得来的一分却立即被对手赶超。"我们还能是冠军吗？"每个人都有着这样的疑问。社会学院 2019 级的杜林丽此刻正坐在台下观赛，紧抓着衣角的手一直未曾松开。

比赛一分一秒流逝，双方僵局一直持续到了最后一分钟。"最后一

次进攻机会了!"所有人都迫切希望能够赶紧突破防线。随着球行至中场,撕破防线的时机来了。"凯西,给!"最后一分钟队友碧霞抓准时机过人后传球给凯西,接着凯西默契配合,迅速接球传给碧霞完成二过一,队友碧霞背身拿球后直接转身坚决打门,随着一记漂亮的绝杀,足球进网,哨声响起。"我们赢了!"法大女足以 3 比 2 的战绩赢得了最后的胜利!看到绝杀的那一刹那,坐在台下的杜林丽再也按捺不住激动,泪水早已湿润眼眶。"后来我在想我为什么会哭出来。并不是因为我们赢了,是因为我觉得那一刻所有人的心都牵挂着那里,每一个人的努力都感觉得到了回报。"这场五人制球赛前,法大女足在一场比赛中错失冠军,经此一战,法大女足重回冠军领奖台,续写冠军辉煌。

足球诗人贺炜曾这样解说足球:足球就是如此……人类的极端情感,在这一刻得到充分的体现和释放。或许是不停奔跑的酣畅淋漓,或许是结果的茫茫未知,或许是与对手比拼的全力以赴,又抑或绝境下的翻盘绝杀,足球令女足姑娘们痴迷的魅力,大致便在于此。

我们,是一个团队

每个人与球队的交汇都源自一份热爱。凯西小时候性格外向,机缘巧合参加了球队的选拔,就从初高中的校队一直踢到了大学;杜林丽则因为高中是足球特色学校,在高一开始接触足球,从高中班赛的替补,到如今法大女足的正式队员,一直没变的是对于足球的一份热爱。谈及加入球队的原因,几乎大家一致表示:"因为一直喜欢足球,上大学听说法大有足球队,就加入了。"

天南海北的她们因为同一个梦想聚在了一起,形成了一个团队,在团队里她们逐渐磨合,成为一个有凝聚力的集体。法律硕士学院 2020

级的李玉卓坦言自己在刚进入球队时会因为当前锋进球而沾沾自喜，后来她逐渐意识到，足球是一个团队协作的过程，是每个人的拼尽全力才让前锋拿到了进球机会。"所以前锋进球不是一个人的进球，这是一队人的进球。"

有了团队，自然也就有了责任。在赛场上，责任体现在每个人的脚下——教练常说："你在门前浪费三个机会，实际上就给对方送了一个球。"所以球在自己脚下，责任就在自己身上。政治与公共管理学院2018级的宋子涵在以前还是球员的时候觉得好好训练、好好比赛就是自己的一份责任，而在大三接过队长职责后，她开始明白这责任的重大。"队长是教练和队员之间沟通的一个桥梁，当队长要考虑得更全面一点。我早上起床就开始想：今天球队是不是还有什么东西忘记做了。"带领队员们训练、买水、搬东西、收东西，和球员以及教练沟通……琐碎的工作都是一份重大的责任。宋子涵当了队长后也一直有个心事——在大一时球队没有保持连冠记录，所以她想续写法大女足的连冠荣誉，所以"每场比赛都不能输"。

球场一切未知，意外也难免发生。宋子涵在一次比赛中意外受伤，"伤筋动骨一百天"，于是她有两个多月需要坐轮椅、挂拐杖，因为住在上铺，每天只能抓着床单脚跳到架子上，然后再跪在桌子上才能爬上床。宋子涵刚康复后，队友李玉卓和北京体育大学运动医学与康复学院的比赛中受了一样的伤。李玉卓在球场上受伤后完全不能行走，队友们便背着李玉卓赶快送往校医院就诊。"从体育场到北体西门那么远，她们就一路换着轮流背我。"时逢六月天，背几步路队友的脊背便已湿透，等到背到出租车上，汗水也早已滴了一路。

因为有队友的关心，似乎受伤也并非那么痛苦。回校后，李玉卓发现自己"设备齐全"，原来在她还在出租车的这段时间里，队友早已通过朋友圈转发帮她借到了轮椅和拐杖。李玉卓行走不便，队友们就轮流看望李玉卓，帮她买零食、带饭，队友们的关怀温暖着李玉卓。"当时队内还有队友受伤，大家坐着轮椅偶尔在学校里碰到还很开心地打招呼。"李玉卓笑着回忆起这段伤痛往事。彼时恰逢毕业季，李玉卓就坐着轮椅拍完了毕业照，大学四年的纪念因此也被深深刻下足球的烙印。

足球，是羁绊

刚刚步入研究生阶段的李玉卓毫无疑问是球队里资历最深的球员——她一直舍不得离开球队，因为球队里有自己深爱的人们。在大三下学期，教练与李玉卓进行了一次沟通，此时几乎所有法大人要面临的选择摆在了李玉卓面前，而李玉卓的内心早已明确了方向。

"之后有什么打算，要工作还是读研？"

"读研。"

"读哪个学校啊？"

"我就想考法大！"

读研对于很多人而言是第二次选择平台的机会，然而李玉卓果断选择法大的原因很简单——她想继续留在球队里。"我最大的动力真的就是想继续踢球。"她舍不得球队，舍不得和自己一起踢球的人，也舍不得教练。这些因足球相识的情谊如何能够轻易割舍得下呢？

李玉卓选择了留下，而曾经的队友大部分却已经读研或者毕业，也有一些队友已经回到了家乡。"聚是一团火，散是满天星"，球队用足球相识，也通过足球告别，以足球为媒，情谊不会断。球队惯例是通过毕业球赛欢送每一届的球员，已经毕业继续深造或者参加工作的师姐也会自发组建女足"法老队"彼此约赛，或者和校内的女足队约赛，继续在绿茵场上挥洒青春，目前"法老队"已是十一世同堂。"其实不管是留校的还是已经毕业了，足球都是我们连接彼此的一个方式。"

最初因为同一份对于足球的爱好，法大女足聚在了一起，离别后，足球依然是彼此之间的羁绊，那些踢球的日子似乎从未远去，青春也似乎尚未离别。

如果要用一个词语来形容法大女足，球员们异口同声："包容！"——无论你来自何地，能力如何，属于哪个院系，只要你有对足球的热爱，你就是法大女足的一员。这份包容延续到了今年的招新，"今年招新进来的师妹都让我们非常放心"。球员们期待着师妹们能够在球队中收获快乐，同时也对自己提出了更严格的要求："希望女足能夺得更多的冠军。"

2020 年 11 月上旬，法大女足迎来了本学期的首场比赛。她们一路过关斩将，分别以 5 比 0、3 比 1 和点球 4 比 2 的突出表现先后击败北京建筑大学、清华大学和北京物资学院，摘得 2020 年首都大学生女子足球联赛冠军。赛后，她们激动地在朋友圈分享着喜悦——"政法女足，是冠军！"她们共度风雨、共守热爱，充满热忱地铺陈着冠军之路；团魂不散、战火不灭，属于法大女足的辉煌未完待续。去拼，去赢，法大女足的脚步不止于夺冠。球场上的默契配合，球场外的亲密友谊，她们用纯粹书写着青春，她们一直在路上……

【CUPL 正能量第 222 期】 王欣旭：奔赴每一场挑战

文丨团宣通讯社　杨　豫

　　引言：清晨的教室延续着深夜的梦，零星身影却早已开始了新的一天。独享这份宁静，王欣旭在草稿纸上速写着英语笔记要点，用目光将它们映入脑海。疲惫和自律交织萦绕间，他没有激昂的口号，只用一如既往的姿态，启程再一场全情投入的奔赴……

　　人物简介：王欣旭，中国政法大学人文学院汉语言文学专业 2019 级本科生。在进入大学后，他一直坚持努力学习每一门课程、从不落下笔记和作业，并针对英语的弱势基础进行充分锻炼。在生活中，他坚持

着音乐爱好，也认真对待每一件小事。他的奋斗精神鼓舞着身边的人对学习的激情，他热爱生活的阳光也温暖了许多奔忙疲惫的心。

每一个挑战都是巨大的

　　课堂笔记一遍，课后整理再写一遍，复习时草稿纸上再写一遍，"三轮笔记"是王欣旭学英语的惯例，"一是课堂节奏比较快，需要上课速记、下课整理；二是老师的笔记有许多难点，而且会定期进行考察小测，只有三轮笔记才能基本应付得来。"——本学期的英语课组课程，王欣旭选择了以注重语言点教学著称的老师。在课堂上大量、高难度的笔记，让同学们常常感到压力不小；每周的课堂小测和一次性 70个知识点的高强度听写，更是难以蒙混过关的紧逼。然而，于他而言，却是绝佳的提高英语水平的契机。"我的英语水平本来就不太好，觉得传闻中的压力正好是我提高的机会。"课堂上遇到难点，就在课后逐一消化；晚上的自习时间不够用，第二天就再早起一些来复习和背诵。王

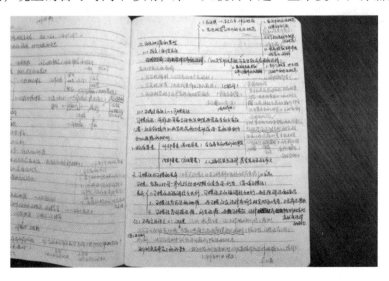

欣旭并没有异于常人的方法，也没有先于同学的进度，只是在看清困难后默默迎难而上，脚踏实地，稳稳当当地向着目标走去。

进入大学二年级，出于对法学的兴趣，王欣旭和法大许多非法学专业的同学一样选择了辅修法学。与此同时，他在汉语言文学专业的课业也日趋深入和繁忙。一篇短短的文献综述的背后，是大量的古代文学史文献的阅读。从不允许自己敷衍了事的王欣旭将这个庞大的任务拆卸分散，填入每日的行程，找文献、归类整理、阅读与提取观点，再加上自己的评论，日积月累，一点一滴凝结成笔下文思。

"每一个挑战对我来说都是巨大的。"与其说王欣旭遇到的任务困难重重，不如说是他对自己有着卓越的要求。完成一件事并不难，可追求至臻绝非易事。在拥有足够的时间和精力的条件下，王欣旭重视每一次挑战，认真完成每一门课程，从清晨到黄昏，坚守在每一场奔赴的旅途。

我很普通，也容易满足

在室友的印象里，王欣旭除了在某个自习室里，就是在宿舍弹弹吉他，像月光一般，在时间里轻轻地扫过，偶尔留下惊艳的痕迹。这份疲惫课后的慰藉，最初却是在父亲的要求下开始学习的。"刚开始学，难的恨不得把琴摔了。"不同风格的吉他演奏中，最需要刻苦练习和积累的指弹，在他日复一日却从未言说的练习中，终于从指间自在地流淌而出。如今，结束一天的埋头苦干，回到承载所有情绪和休憩的宿舍时，王欣旭总会抱起吉他，寻找指尖的愉悦和轻松。他从未应付过任何一件事，也因此得以在时光流转间收集美好，点亮未来每个时刻的生活。

在学业以外，王欣旭也尝试了社团生活。在农村与法治研究会中，他担任内事部的部长，工作并不轻松。除了举办活动时需要协调借教室和布场，还要将读书会、观影会和法律树洞圆桌会议安排妥当。繁琐的工作，重复的程序，他没有抱怨，只会用行动，让困难在沉默中消散。工作占用的时间，被他用早起静悄悄地填补上。他从不抗拒琐事来袭，也要求自己在每一场忙碌中尽心尽力。

"我这个人很容易满足，我想要的生活，是能做选择，也多些乐趣。"对于付出了倍于他人的努力，却依然不算独占鳌头的成绩，王欣旭坦然地接受。而对于看似简单平静的生活，他只静静地回味属于自己的娱乐方式。在生活的必修项里，他安于奔跑；在充分自由的个人世界中，他也自有一份微笑。

要永远对明天充满信心

"老王说起来其实也不是那么特别，就是一个和我们一样普通的男生，也和我们一起玩玩游戏，聊聊一天发生的事情。但是他有一种魔力，永远积极，始终保持着一种昂扬的姿态。"在王欣旭的室友看来，这个室长满溢的活力，甚至充盈了寝室里的每个人。从每天给垃圾桶套上新的袋子，到一月一度针对卫生检查的大清洁、评比最美寝室，他从没忘记担起责任，包容也鼓舞室友一起面对困难，完成挑战。

热爱生活、认真做好自己的人，总是如镜子一般，让周围的人看到世界的明亮。"我只是个普通人，没有那么大的感召力。"王欣旭并不用远大宏伟的目标捆绑自我。读书报告、论文、期末复习，普通的学习，普通生活的生活，这是他规划中的 12 月，也是他理想的未来。

"我愿意过着不至奔忙劳累，但也从不沉沦的生活，永远对普通工人的明天充满信心。"王欣旭的世界，简单而又明亮，有笔尖的沙沙声，有吉他阵阵的琶音，有脚下清晰的路，也有着奔赴每个今日挑战的不慌不忙。

【CUPL 正能量第 223 期】王笑：绿荫走出法学路

文丨郎朗　张宇圻　王韵怡

　　引言： 在农学的土壤中深耕，培育出踏实勤奋的品性，王笑有如拓荒牛一般在身边人不解的目光里开始探索法学之路。"总有一些路，前人走过了，才能为后来者作指引。"为了心中的梦想，王笑迈出了果决而笃实的一步。正应了那句"苦心人，天不负"，这位两度跨专业考研、不负心中梦想的"农林法考人"，终于怀着对法律的坚定选择与无畏冲劲，步入法大研院。

人物简介： 王笑，中国政法大学法律硕士学院 2019 级研究生，曾任校研究生会主席。2012 年本科就读于西北农林科技大学种子科学与工程专业，在校期间取得果树学保研资格，大四毕业前准备司法考试。2017 年研究生退学，同年报考北京大学法律硕士落榜，2018 年成功考取中国政法大学法律硕士。经历了一次考研失利后，面对内外压力和未来的不确定性，王笑背水一战，以破釜沉舟的勇气、矢志不渝的信念成功"上岸"。

人可以有不一样的选择

如果有一种选择，是让你放弃现有已经确定的道路。让你重新披荆斩棘，踏上的茫然不知未来的征途，你，会做出怎样的抉择？

来自"高考大省"——山东的王笑，在历经了激烈的竞争后，在 2012 年报考了西北农林科技大学的种子科学与工程专业。西北农大"诚朴勇毅"的精神信条自此被王笑铭记在心中。从大一到大四，王笑凭借优异的成绩完成了他的学业，并获得了研究生推免资格。彼时，在同学、老师的眼中，保研继续攻读园艺学似乎是他已确定好的光明前程。"保研肯定是个好消息，但我当时在反复问自己，这真的是自己喜欢的方向吗？"

除了专业学习，王笑在闲暇时间也喜欢阅读社会学、心理学等书籍，在获得保研资格后，王笑拥有了更多的时间，也是在此期间他接触了法学。对于王笑而言，法学是之前未曾触及的领域。而且在农大这样理工氛围浓厚、农学渊源悠久的学校，参加司法考试，更被看成了"不走寻常路"。

"但是，有的路，只有人先跨出这一步，才有更多的人敢于走下去。"抱着多学一些、多些收获的心态，王笑通过自己的了解与探索，逐渐发现了对法学的兴趣。恰在当时，他听闻当年可能是非法学本科可以参加司考的最后一年，王笑便更坚定了修习法学、参加司考的信念，开始笃实认真地自学备考。

两战考研，圆梦法大

苦心人，天不负。大四毕业前，王笑顺利通过了当年的法考。为当时已经坚定学习法学的他再一次明确了方向、坚定了信念，他决定重新考研。

怀着"清北人政"的法学梦，抱着拼一次的心态，王笑在研一下学期选择了退学，并于同年 12 月份报考北大法律硕士。没有坚实的本科法学知识积累，也没有同行人的陪伴，他怀着"虽有千万难吾往矣"的信念，放手一搏。长灯孤影，书卷旧；笔耕不辍，汗珠沉。遗憾的是，追梦的路途并不是一帆风顺，这一年，他落榜了。

回想起自己这段经历，王笑坦言道，经历了第一次考研失败后，他也一度怀疑自己的选择："从农学到法学，放弃原本研究生的机会去追求自己的'法学梦'，这条道路真的能走通吗？"

为了鼓励王笑走出第一次失利的内心困境，王笑的女朋友也把考取北京的博士学位作为自己的奋斗目标。正是女友对他矢志不渝的支持，让王笑一直摇摆不定的心确定了方向。待走出了这段低谷，王笑也在一片质疑声中真正地坚定了自己的选择，也正是这份坚定给予了他再次备考的勇气。

2018 年，王笑"再战"考研。那段日子，和他彻夜常伴的只有灯光和书案。翻法条，看案例，做试题。王笑反复思索之前"摔跤"的问题所在，也在复习中将现有的问题不断细化、拆分，试图从不同的角度去理解以获得崭新的感悟。所幸，努力没有付诸东流，这一战王笑以404 分顺利考上法大。

谈及挫折与失败，王笑表示，"对于每个人来说很重要的一件事是认识自己。要认识自己就要不断尝试并接受反馈，我们不能害怕在尝试中失败或者走弯路，只要尝试就会有成功或者失败，当然，尝试得越多，成功的可能也就越大。"

爱我所爱，为梦前行

2019 年，在北京最美的金秋时节，王笑带着"农林人"踏实质朴的学风品质，迈进了法大研究生院的校门，他不仅真正地投身到自己喜爱的法学专业学习，也成为校研究生会的一员。

"言必行，行必果"是王笑做人做事的原则。2020 年春季学期的疫

情期间，研会组织了"战疫云课堂"活动，特邀老师和师兄师姐讲座。期间有一位身在国外的同学，因为时差的关系，无法看到讲座直播，希望能录制视频回放。王笑承诺："你放心，我们讲座结束后当晚，肯定把视频回放发出来。"当然，回放的工作是琐碎且枯燥的，活动结束时已经很晚了，深夜中王笑盯着屏幕一点点地整理视频，时钟咔嗒咔嗒的声音在静谧的夜晚格外清晰。

"虽然比较繁琐细碎，但是这个工作是有同学需要的，我就觉得这个工作是有意义的，感觉很满足。"

王笑和女友在大学相识，2020 年，为了结束"异地恋"，王笑的女朋友成功考上中国农业科学院攻读博士学位。两位有情人在经历了"8 年恋爱长跑"后，正式领取了结婚证。从陕西到北京，一个为了"法学梦"舍掉安逸，选择少有人走的路，孤身"北漂"；一个为了更好的未来，不离不弃、彼此勉励，成功来京继续深造。不言语一句承诺，只要你回头看，我就始终在你身边。王笑和爱人始终在追梦的路上携手共进，为创造美好的未来而不懈努力。

"结婚之后，我们之间更是多了一份责任。学业、工作和家庭的三方面需要调整平衡，有压力，更有动力"，王笑坦言，"幸运的是，这段路不是我一人在孤军奋战。"

提及对未来的展望，王笑希望自己能够带着研会发展得更好，能够为大家做一些实事，同时能担任起家庭的责任。如果可以的话，他也想追上妻子的脚步。在谈这些时，王笑的眼中闪着光，语气中是抑制不住的期待。

从农林绿荫到小月河畔，在生活的选择题中，王笑追随着内心收获沿途风景。一路上风尘仆仆，汗水、泪水、深夜里亮着的灯光、晨曦中前行的身影……待到停歇时静静回味，也不乏是生命中独有的一份况味。因为还年轻，多走几次"弯路"也无妨，因热爱而大胆选择，因坚韧而不断跋涉，青年有梦不惧风浪，但乘风雨斩荆棘。小月河畔，王笑坚定地迈开步伐。

【CUPL 正能量第 224 期】李泽锋：摄影触动心灵

文 | 团宣通讯社　徐菡蕊　杨豫

图片来源于受访者

引言： 七年前的夏天，摄影进入了他的生活，误打误撞的少年不曾想，摄影会成为自己生活中如此重要的一环。或记录平凡的校园生活，或拍摄不为人知的秘境，传情达意，留住真实，李泽锋用相机讲述着法大的故事，用一张张写实的照片传递生活的温度。

人物简介： 李泽锋，人文学院 2016 级哲学班班长，校党委宣传部

新闻通讯社摄影工作室前负责人，曾为第二十二届研支团成员、视觉中国编辑类签约摄影师。曾获第二届"强国一代足球梦"全国校园足球影像展 A 类奖、第七届首都高校大学生记者基本功大赛优秀摄影记者、第三届 RONG 聚法大优秀校园记者。在校期间，他累计参与超过 120 场校级活动的摄影工作，为母校留下了数以千计的精彩瞬间。

用镜头见证美好是一种幸运

李泽锋初试摄影，是在初三暑假，但他不满足于"玩相机"。为了让自己更专业，他从图书馆借了一套《美国纽约摄影学院摄影教材》，反复阅读、笔记摘抄，从光影知识到摄像技术。慢慢地，他开始感知、探索用摄影表达态度、构建内涵。进入法大的李泽锋，满怀憧憬地加入了摄影工作室，开始了他的校园影像记录之旅。

李泽锋至今仍清晰地记得，他在法大的第一个拍摄任务：2016 年 10 月 24 日，中国残疾人艺术团"我的梦"新生入学教育专场演出。整场演出精彩纷呈，"演员们的每一个动作都错落有致，每一个画面都传递着美"，李泽锋的心灵一直被演出震撼，从始至终都在不停地拍摄。即便演出结束，礼堂的气氛却依旧热烈，演员三番谢幕观众仍不散去。观众自发聚在台下、挥舞着手机和拉拉棒，对演员们欢呼、致意、感谢，然而残疾人艺术团的演员们却无法以言语表达心中的谢意。此时，节目《雀之舞》的演员们主动走向舞台边，俯身与台下的同学们握手，用笑容与指尖的温暖传达谢意，其他演员亦随之上前，与法大师生握手致敬。凭着最原始的直觉，李泽锋捕捉到了这一画面，"虽然后来又拍过几十场同样规格的演出，但再没有抓拍到那样走心的画面。"多年后，关于那一刹那的回忆依旧让他哽咽："观众感受到美时的欣喜，那种必须握手才能传达的感动、争相涌到台前的痴迷，演员俯身与观众握手的触动，共同构成那份美好。我很幸运能够见证那一刻。"

摄影工作室的公邮名是"cupl_6ds"，6d 代表着佳能入门级的全画幅单反相机；6ds 寓意着"一群拿着 6d 拍摄的人"。一起摄影，相互批评，共同进步，受到这种精神的感召，让李泽锋在大一下半学年就坚定

地接手摄影工作室，他也立下带动法大校园影像工作继续进步的志向。

随着学校媒体曝光度越来越高，新闻摄影的工作压力陡增，但李泽锋始终秉持严谨的工作态度。在每周近 4 天拍摄的工作强度下，他依旧坚持"活动结束，立即选图、修片"。哪怕是一场出片量达到上千张的晚会，他也坚持熬夜修片，只为让更多的师生尽快看到活动照片。

抱朴守拙，李泽锋坚守着对摄影的热爱，不断探索更具表现力的表达方式。2017 年 9 月，李泽锋来到盛华军训基地拍摄新生军训。如何挖掘校园生活中的新闻点，通过军训体现法大新生的精神面貌，这个问题一直困扰着他。但当他来到盛华后，却被一双双带有力量和野性的目光吸引住了——法大第一届特训班。从 600 多人中严格筛选而出，30 余人的特训班在军训期间还将加训格斗等科目，并在结营仪式上表演。灵感一闪而现，李泽锋决定通过勾勒少数个体"以点带面"地展现新生的精气神。他为特训班成员和标兵拍摄个人写真，集中连贯的个人情感描绘新生群像。功夫不负有心人，这组作品不仅在法大新闻网"图说法大"栏目中单独展示，还被当期校报进行了整版的图片报道。

自我探索的同时，李泽锋也促进着校园影像记录的新变化，"摆脱模板化的摄影，呈现多元化的校园生活"。即使在学业压力倍增的大三，他仍亲自指导部员，针对作品逐一点评。"摄影的讨论应该带有学术的精神"，李泽锋认真地说。

记录有温度的生活

七年来，李泽锋在不断摸索中前进。曾经的他向往台湾摄影家阮义忠的"眷村气质"，掩藏在黑白影像下的乡情脉脉；但现在他却更期待自己的摄影以近乎"冷峻"、不煽情、不偏颇，传递客观、丰富、精细的信息，还原生活和校园本真的面貌。

毕业季摄影，李泽锋没有选择流行的"大光圈+磨皮"所生产的流水线式毕业照，而是力图做到"真切"。"镜头背后的人能感受到很多当事人感受不到的情绪"，或是面对前路的些许迷茫，或是沉浸在大学生活中的懵懂，或是开启下一个节点的憧憬……这些才是绝大多数毕业生的模样。他坚持用能够捏在手中的、有温度的照片帮助毕业生和家人们回顾四年光阴，"我只是把我看到的忠实地记录下来，即使若干年之后，他们也依旧会被这些照片所触动"，李泽锋满怀期待地微笑着。

李泽锋努力联合起法大所有摄影组织和爱好者们，重新建设中国政法大学摄影协会。他希望进一步扩大摄影协会的覆盖面，搭建一个所有人共同讨论校园影像记录的平台，实现校内摄影资源的共享，培养更多摄影人才，丰富摄影门类，更加多元化地记录校园生活。

摄影见证了李泽锋的成长，定期翻看照片，透过它们回望过去的自己，已成为他的习惯。数以万计的校园影像，不知不觉也记录了李泽锋的生活，所以他希望更多人能拿起拍摄工具，从自己的视角去尝试、探索，记录自己的青春回忆。这些真实的影像，往往在多年后依旧留有余温，"因为生活本身，就是有温度的"。

镜头内外，捕捉刹那灵动；事实前后，传递新闻价值。忙碌与挫败，李泽锋不曾放下手中的相机。在法大点滴生活里，他用心感受、忠实传递，将每一次难忘的瞬间画面，长久地留在校园，酿成最美好的法大记忆。

【CUPL 正能量第 225 期】佟泽鸿：向着远方的女孩

文丨团宣通讯社　李元嘉　招咏言　董奕航　杨　淳

　　引言： 走出宿舍，还未退去的月光和隐隐约约的晨曦一同落在银杏树上。佟泽鸿一边回想着昨天训练提及的要点，一边匆匆地赶去训练，这样的日出，佟泽鸿在备赛的过程中不知与伙伴们看过了多少次。参加模拟法庭比赛是她法学路上新的挑战和起点，也是她新的兴趣所在。

　　人物简介： 佟泽鸿，女，民商经济法学院 1806 班学生，连续两年

获得国家奖学金、学业一等奖学金，以 654 分通过英语六级考试，2020 年校长奖学金获得者。曾获中国政法大学第七届学术英语口头报告展示大赛二等奖、校园广播歌手大赛冠军、国家级创新创业项目中成功立项，并于同年中国"互联网+"大学生创新创业大赛中获三等奖。同时，作为中国政法大学模拟法庭校队成员，代表学校参加 2020 年北京市大学生模拟法庭竞赛，并取得团体第一名。担任院团总支文体委员、校学生代表、校艺术团金话筒分管团长，参与多项大型活动策划，在文艺活动上多次具有亮眼表现。走一步，再走一步，从不言弃，佟泽鸿就这样漫步在自己精彩的大学时光中。

给自己多一次机会

"投入就是比较好的学习状态。"初入大学，佟泽鸿也像众多法大学子一样，奔走在不同的教室中，在全新的学习生活中寻找新的状态。课堂之余，她常常问自己："我要在大学收获些什么？我要做到什么？"

从小佟泽鸿就作为舞台上的一分子参加过许多活动，身边的老师同学常用多才多艺来形容她。出于对舞台的热爱，初入法大的她选择成为校艺术团金话筒主持团的一员。"我还是比较热爱舞台吧，一直都很喜欢的事，想在大学继续坚持下去。"凭借着自己丰富的舞台经验，佟泽鸿很快就成为团里不可或缺的一分子。

与此同时，她暗暗下定决心，要抓住所有自己能够尝试的机会，去学习和进步。"我可能会做得不好，但是我不会畏惧。"参加模拟法庭比赛是佟泽鸿作为一个法学生的向往。2019 年，第一次参加"京都杯"刑事模拟法庭比赛的佟泽鸿因经验不足，在众多优秀的参赛选手中铩羽而归，"但我完全没有过放弃的念头，下一次还有机会，我还是想要试一试。"

佟泽鸿享受为了比赛拼尽全力准备的过程，"失败一次不算什么，第二次备赛时我反而更有动力了"。参考着第一次的经历，她报名参加了全国模拟法庭培训班，接受了将近一年的模法培训。佟泽鸿踏实认真地精进自己的专业知识，观看往年的视频资料，不知疲倦地一遍又一遍地对着镜子练习，积极地准备着第二次模拟法庭的选拔。机会总会眷顾有准备的人，2020 年秋季学期，佟泽鸿成功通过选拔成为模拟法庭校队的一员，踏上了属于她的模法征途。

机会留给有准备的人

"控方胜！"当这句话在耳边响起，佟泽鸿的眼眶不由得泛红，眼泪不受控制地滑落。几个月的训练时光在她的脑海中飞快地再现，所有的酸涩和辛苦，在战胜了同样实力卓越的对手后，都沉淀得只剩下了甜。

在深红色木质的桌椅前，在庄严肃穆的国徽下，佟泽鸿和队友并肩而战。逻辑清晰、慷慨激昂的发言是他们日夜努力后的呈现，模拟庭审、写文书、练习讯问，两个多月的训练在赛场上得到了最好的回报。

备战"北模"的过程是漫长又艰难的，朝六晚十的训练生活成为佟泽鸿的日常。早起打卡，晚间训练，进行批评与自我批评，在模拟法庭校队的训练中，大家互相鼓励、互相监督。

那是一段需要互相陪伴才能走过的日子，几乎可以用几个场景概括她的一天：西装革履、精神高度集中、正襟危坐在庭上练习，一边啃着手抓饼一边在浩如烟海的资料中翻找自己需要的素材，不断地模拟比赛场景，在教室里热烈地讨论……枯燥又高强度的生活带给她很大的压力，一连几个晚上，佟泽鸿深感疲惫，当晚结束训练后，她在朋友圈写下了"不知如何是好"的文字。队友看到后，第一时间给予她安慰。哭过闹过之后，一句"没关系，我们一起努力。来，我们继续讨论！"总能让人燃起新的希望。她们是战友，更是这段旅途中彼此的支撑。

"北模"不是她为自己规划的唯一的路。她仍旧渴望着其他不同的尝试。校园歌手大赛、创新项目立项、组织大型活动……佟泽鸿没有辜负自己的期望，如果这一次失败了，就鼓起勇气继续下一次。时光见证了她从稚嫩到一路披荆斩棘，毫不动摇的坚持让佟泽鸿在不断的参与和尝试中有所成长、有所收获。

前行，不设限

在各类活动上展现自我的同时，佟泽鸿在学业上对自己也不放松标准，"尽力，但不强求，适当的压力也会转变为动力。"带着轻松却不放松的心情走进课堂，佟泽鸿用饱满的热情经营着她的大学生活。

在学校时，她习惯利用小时间做大事情，先思考后动手，尽可能追求更高的效率。2020 年年初，突然爆发的疫情让佟泽鸿在家度过了一学期的时光，突变的学习计划没有打乱她的节奏，反而给了她更多的空间与时间去阅读和思考，她花费了大量的时间"泡"在书里，按照读书、生疑、寻知、得理的步调不断将知识体系构建完善，在做笔记时回想书中的每一个细节。读累了就休息，跳舞健身、弹琴唱歌，居家的每一天，佟泽鸿都过得充实而有所得。因为努力过了，所以更享受过程，因为努力过了，所以没有遗憾。无论什么时候，她的脸上都带着努力过后的淡然。

人生很长，她的二十岁才刚刚开始。无论是学习还是课余，佟泽鸿总是不断尝试，"敢拼，敢闯"是身边好友对她的评价。"反正还有时间，做不好可以从头再来。"每当与别人聊起这些经历，她的眼睛都炯炯有神。"我觉得人生没有明确的界限，未来的可能性还很广。"她的眼里闪烁着充满希望的光，未来的画卷已经在她的眼前展开。她期待着，亦充满自信。

佟泽鸿坚定地走在自己选择的路上，相信远方的星空为她闪烁。"沉沉的黑夜都是白天的前奏"，从基础课堂到模拟法庭，在法学的路上，佟泽鸿不断地学习、不断地尝试，找寻那颗最闪亮的星，一路发光，创造无限可能！

【CUPL 正能量第 226 期】陈佳怡：做支教途中的微光

文丨团宣采编部　梁雪炜　李梦瑶

引言：晨光降临，她悄悄把写着"吸烟有害健康，希望你能戒掉"的小纸条放在了"藏宝袋"中，让她惊喜的是，离开的那天，她收到了学生"我会努力把烟戒掉"的答复。在这场支教的旅途中，无数个这样细微又温暖的瞬间，让陈佳怡的大学生活有了新的选择，并与之产生了深深的羁绊。

人物简介：陈佳怡，政治与公共管理学院行政管理 1701 班本科生。曾任"一米阳光"公益团队远程项目部部长，先后到江西、云南、贵州进行四次远程支教，参与过 14 项校内志愿服务，志愿时长总计 773 小时，连续两年获评志愿服务奖学金。坚持对贵州学校的定点支教，并帮助该校与政管院"一米阳光"公益团队建立长期合作关系，帮助该小学搭建起大学生与孩子一对一写信交流平台，实现了一百多名大学生与一百多名乡村孩子持续写信进行交流的愿望。曾为偏远小学对接筹集价值 2500 元的体育器材，帮助地方小学建立班级图书角，累计帮筹善款近 2 万元。

奔赴内心的热爱

高中阶段，陈佳怡便想象以后可以像电视上看到的支教大学生那样去帮助山区的孩子们。2017 年 9 月结束高考的她开始拥抱崭新的大学生活，11 月，陈佳怡通过报名选拔成为"一米阳光"江西支教队的一员，开始了她的支教初体验。

支教的旅程并不像想象的那样轻松简单，提前准备好了教案和课程设计，却没预想到当地艰苦的环境。地理偏僻、环境恶劣，支教队员们没有一间像样的宿舍、一张像样的床，连取水做饭都成了难题。"厨房里没有水池，我们需要拿着桶和盆去学生食堂接水，再抬回来，洗碗的地方也没有灯，我们就打着手电筒摸黑"，回忆起支教的环境，陈佳怡至今仍记忆深刻。

经过初步的了解，队员们掌握了孩子们的学习和生活状况：当地的教育资源极为落后，孩子们考取乡里的中学都万分艰难。云南的冬天并没有暖气，支教队员们裹着厚厚的羽绒服还不时感叹着天气的寒冷，

"最让我震惊的就是，学生们居然是穿着破洞单鞋来听课"，看着孩子们在讲台下明亮的眼神和专注的神情，陈佳怡坚定了之后继续参与支教的决心：要尽自己所能，做到最好。

2019 年暑假伊始，快要步入大三的陈佳怡面临了更多的选择：随学院老师回乡调研或是参加国庆阅兵方阵，都是锻炼自己的宝贵机会。"当时候也纠结过，毕竟调研和国庆方阵也是我很想去尝试的事情"，在纠结和犹豫中，陈佳怡又回想起当初支教的情景，小姑娘拉着她的手问："老师，你们明年还来吗？"重新踏上支教的那一刻，所有的纠结都云消雨散，陈佳怡明白了支持她回来的，不只是承诺，还有早已与之深深联结的情谊与缘分，"做自己喜欢的事，因为它值得，就足够了"。

不期而遇的惊喜

迈开脚步，走向山村，面对着漫漫青山与漫天繁星，在一双双纯洁的眼神中，陈佳怡感到一种纯粹正在涤荡自己的灵魂。用一颗最诚挚的心对待自己的每一个学生，去真真切切地见证这个世界上另一群人的人生一角，也会收获不期而遇的惊喜。

课堂上，陈佳怡不仅教给孩子们很多基础知识，还开设了安全教育、广播体操、音乐美术等全方面发展的课程。在美术课上，陈佳怡让孩子们用白纸和收集的叶子做一幅画。起初，陈佳怡并没有对孩子们的作品抱有多高的期待，"低年级的小孩连胶水都不会用，可能没办法做出来什么作品。"可最终孩子们完成了内容丰富、古灵精怪的作品——哪吒闹海、海底世界……"你没有办法想象得到，孩子们是如何只用叶子创造出这一切的。"有个小女孩，一边做手工，一边讲了一个会飞的孔雀、可以结饼干的树的故事，而平时在班里最闹腾的男生，在全神贯注做手工的时候也有着一种专注的感染力。孩子们的专注与想象力令陈佳怡颇为欣慰，"真的给了我太大的惊喜，这节课开对了！"

每天 9 点的大日头下，陈佳怡带着孩子们在操场上跳广播体操。"虽然很晒，但真的挡不住孩子们的热情。"在支教之初，学校临时缺少一位广播操老师，于是陈佳怡"临危受命"突击学习广播操，在开营前，她只用了三天就学会了要教的广播操，久而久之，学校的广播操都变成了陈佳怡来教。有时阴雨天课间操中断，陈佳怡便带着孩子们在教室里上音乐课。"老师你把音箱点开，我们要唱歌。"小小的音箱承载着孩子们的期待，歌声伴随着笑语，点缀着这个静谧的乡村。

在十几天的彼此陪伴中，拥有很多美好的值得期待的可能性。孩子们想象飞扬的作品，"藏宝袋"中一张张温柔的纸条，隐藏的潜能逐渐显露，纯洁的眼神里流连着满足与感激……乡间的倒影刻映着自己支教的初心，"原来不经意间，这个群体、这件事已经与我息息相关，越来越觉得自己放不下这个地方、这件事。"

继续点亮支教旅程

在给孩子们上《妈妈的手》诵读课时，陈佳怡让他们想象一下自己妈妈的手，一个孩子直接举手大声说："老师，我没有妈妈"，紧跟着另外两个孩子说："我也没有"。那一刻，面对孩子们天真无邪的面孔，陈佳怡的心仿佛被击中了。

经历了四次支教后，陈佳怡明白了希望短途支教的陪伴给孩子们带来新世界的想法是不现实的，这些经历让她开始重新审视大学生支教这件事，意识到大学生支教活动与社会呼应密切相关。"我知道自己能做的太少了，但哪怕只有一点点，给了他们童年温暖的记忆，就是值得的"。

　　一次支教结束并不是真正意义上的结束，对陈佳怡来说，支教从来没有所谓的"最后"。每次从支教地离开时，总会有孩子问陈佳怡："老师，你明年还来吗？"陈佳怡满是纠结："一方面由于自己的学业规划，没有办法确定明年能不能来；另一方面孩子们又真的对我们可以回来这件事很期待。"为了更好地迎接下一场支教，陈佳怡报名参加了益微青年开办的对于偏远山区支教的相关培训。

　　从支教地回来后，陈佳怡依然和孩子们保持着信件上的联系，和孩子们分享各自的学习生活。支教点的莫老师来信说，孩子们收到信后听话了很多，习惯也变好了很多。

　　在去贵州支教前，陈佳怡向公益组织"益微青年"申请"体育盒子"项目，为当地孩子筹集了数目不菲的体育器材，"申请通过的那一刻，我松了一口气。"

【CUPL 正能量第 227 期】竹三 523：兄弟六人行

文丨团宣通讯社　秦新智　陈　羿　肖俊采　王轶尧

引言： 暮色降临，寒风掠过宪法大道，卷集着落叶沙沙作响。23 时一过，夜色吹灭通明的校园，寒凉被隔绝在温暖的被窝之外。竹三 523 在结束一天疲惫而充实的生活后，一点一滴地倾吐着藏了一天的牢骚与趣闻。那些在沉默岁月里散落下的烦恼与欢笑，让竹三 523 成为每个人心中最温暖的港湾。

人物简介： 2018 年的夏天，竹三 523 汇聚起来自广西的邓明羽、湖南的谢越河、河南的王秉坤、安徽的谢宸琪、福建的蔡纪龙以及甘肃

的许钊。他们在 2018 年相聚于中国政法大学中文专业，谱写着名为竹三 523 的新篇章。两年里，他们认真学习，热爱运动，积极参与社团、班级生活，一人获得奖学金，两人参与国创市创成功立项，五人留任院学生会，大一时宿舍卫生评比获 2018 级人文院第一名。疫情期间，他们各自在外实习，用所学知识服务社会，助力抗疫。积极上进，乐于奉献的寝室风尚感染着竹三 523 的每一个人。

在集体中生活，在生活中磨合

与大多室友间的相遇一样，竹三 523 六位男生的相识并不特别。他们背起重重的行囊，从祖国东西南北中六个不同的省份聚集在法大这间小小的宿舍里，开启他们崭新的大学之旅。

开学第一晚，谢宸琪关于大学的畅想拉开了三年夜谈的序章。谢宸琪想留更多的时间去做自己想做的事情，王秉坤计划着加入各种社团锻炼自己的能力，而蔡纪龙则想先体验社团生活再专心投入学习……从开始的浅谈到夜半时分的畅所欲言，他们在短短数小时内卸下心防，谈论着对未来的憧憬与希望，描摹彼此的梦想与远方。当大学三年一晃而过，谢宸琪不断地探索新的领域，王秉坤终日在社团里工作付出，蔡纪龙三年如一日地赶赴教室自习，竹三 523 的每一个人都不曾想到，军都盛夏里几小时的呢喃与畅想，竟成为他们三年大学生活的缩影。

从初遇时的腼腆拘谨到聚餐中的杯碟相交，从烈日磨人的盛华到晨起敲字的课堂，竹三 523 在学习上互帮互助，也在生活中打打闹闹。他们在大学生活的炫彩碎片里逐渐黏合，以每一次相聚为养料，培养着彼此间的默契，镌刻出名为竹三 523 的兄弟情谊。

三年相处的日子里也偶尔会泛起矛盾与冲突，但竹三 523 总会以行动包容彼此的差异。王秉坤喜欢睡前打游戏，玩到激烈时，电竞鼠标咔嗒的声音在夜里总是断断续续，"蔡纪龙从来没有和我提过这件事情，某一天他忽然掏出来一个鼠标送给我，我一瞧，是个无声鼠标。"每当回想起当时的画面，王秉坤总是止不住想笑，"后来，我很自觉地用无声鼠标打游戏，再后来，一熄灯我就不打游戏了。"

疫情的到来也为竹三523的交流增添了一份阻碍，他们开始投入各自忙碌的实习生活，但越繁忙的实习越加深了他们对彼此的惦念与关心。"白天忙着社会实践，晚上空闲下来就想看一看大家"，谢宸琪坦言，他们每天不定时开启视频电话，谈论的内容不需要有什么意义，一时兴起的连麦也不曾约定过时间，哪怕只是打开视频看看对方，也会让人在一天的忙碌后感到安心。六个人之间虽隔着千里，但六颗心却是不曾停歇地在靠近。

大学寝室是一个微型的社会，性格迥异的人们相互包容，彼此磨合，才能一起走得更远，"寝室生活带给我最珍贵的就是这份兄弟情，这份真挚的感情是我们一生的财富，没有任何人能替代他们。"

学习文体同抓，共建寝室文化

7时30分的竹三523是热闹的，谢宸琪睁开眼后最先看见的是邓明羽放大的脸。"好兄弟，起来学习了。"——这是他每天醒来听到的第一句话。

一个好的学习氛围从来不是一个人的事，生活在同一片天花板下的6个人都深深地懂得什么样的话最能激励彼此。邓明羽想考北大文学研究生，每当他躺在床上拿起手机，蔡纪龙的声音总会如影随形："好兄弟，这个时间点想考北大文学硕士的50个人已经学习一小时了。"谢宸琪希望能早日加入党组织，当他放下手头的书时，5 个舍友便开始轮流轰炸："好兄弟，你这样怎么接受党组织的考验?"……一声声调侃的关心是他们心照不宣的默契，他们在宿舍、在端升、在学活、在法大的每个角落陪伴彼此成长，互相激励，也一同进步。

学习之余，音乐在竹三 523 的生活中同样占据着不可替代的位置。清唱、吉他、说唱、钢琴，时间允许的情况下他们就去享受音乐。王秉坤的即兴演唱挑起了宿舍的音乐文化，他唱着歌，偶尔也玩些说唱。谢宸琪从家里带来吉他为他伴奏，又一起哼唱两句，唱到一些老歌的时候，竹三 523 就会情不自禁开始宿舍大合唱。见证了舍友多才多艺的他们也总会互相学习，蔡纪龙向谢宸琪拜师学习吉他，两个人常常坐在一起，蔡纪龙弹错一次便重新练习五遍，五遍中间再弹错就再来五遍。那段时间，他顺利学会了包括《小幸运》在内的很多首歌，"我有一个音乐梦，是舍友给了我点亮它的光。"

院学生会、球队、运动会……各种班级、学院的活动也不乏竹三 523 的身影，"为同学们服务"不知不觉成为他们的精神核心。人文学院男生少，可需要男生出力的场合却一点不少，只要"搬砖群"一声吆喝，竹三 523 每个人不论参不参加活动，都会跟着上下几届的男生一起为活动"搬砖添瓦"。

疫情初期，竹三 523 活跃在院学生会的各个部门，帮助筹办居家厨艺分享活动。活动前期，从选定菜名到挑选食材，他们认真商讨着活动过程。到了活动中期，他们上网大量搜索厨艺视频，根据各自家乡的特色尝试自己最擅长的菜。他们从谢宸琪做过的淮扬菜狮子头、地锅鸡聊到谢越河下河捞过的鱼，眉眼之间都是笑意，"大家在共克时艰中看一下彼此的生活，了解到每个人都吃得好、睡得好，就会感觉很安心。"

"寝室是一个大熔炉，一个人的正能量会把整个寝室往正面方向带，我的兄弟们在这点上都做得非常的好。"

我们自不同的地方来，又将去往不同的远方

在 2020 年的"超长寒假"里，宿舍 6 人不约而同选择去参与社会实践。有人在公安局专案组里负责文书整理工作，有人深入一线抓捕犯罪嫌疑人，虽然前往的方向各不同，但每个人都在为自己的梦想不断努力。

宿舍的聊天框总会被高高置顶，第一个被点开，也第一个被回复。他们会在群里按频率呼叫抓捕犯罪嫌疑人的谢宸琪，让他按时汇报"生存状况"；会在群里探讨分析犯罪嫌疑人的可能躲藏地；也会在群里分享疑难案例，征求大家的法律意见……"根据每个人擅长领域的不同，互相讨教是十分有效的成长方法。"在这段日子里，王秉坤豁达开朗的生活态度、谢宸琪的实干能力、许钊的成熟稳重、蔡纪龙的严谨求学在 20 岁这个朝气蓬勃的年纪里，为彼此的成长注入最新鲜的养分。

"虽然大家来自不同的地方，最后的目标也不同，但是希望我们 6 个人能一直走下去，都走好自己的路，保持自己的本心，都平平安安、健健康康。"在无数个不知名的夜晚，他们曾浏览到关于猝死调查的新闻报告，也曾坦然地谈论着生与死的话题。聊天次数多了，竹三 523 便共同成立了一个"长寿"账号，相约每个人按时向账号里存一笔钱，不定数额。在很多年后的某一天，这笔钱会由最后一个、最长寿的人取出来。他们笑着谈起长寿账号，希望以这种调侃的方式献出对彼此未来的祝福——健康平安。

　　一步迈进同一间小屋，本就是生命里难解的缘分。竹三 523 珍视这一份缘分，书写着他们的独家记忆。他们从不同的地方来，又决心到不同的地方去，可不论他们身在哪里，共同拼搏、包容、牵挂的日子都会化作他们彼此心间的力量，陪伴他们找寻诗与远方。

【CUPL 正能量第 228 期】
梅三 114：从"我"变成"我们"

文丨团宣通讯社　杨　豫

引言：冬天为清晨的绿茵场覆上一层灰雾色的滤镜，六个身影齐齐汇入队伍，位置不断变换，却又总是遥相呼应，仿佛有无形的线，将她们的一举一动都默默相牵。从"踢球"的共同爱好到宿舍的生活点滴，从 2018 年的晚夏开始，每个独立的她，早已在不计其数的相伴日子里，融为了"她们"。

2018：请回答，初见模样

将时间拨回三年前，在迟夏和早秋交汇的季节，六个女孩陆陆续续走进法大校园，住进了梅园三号 114 宿舍。仿佛与所有青春的相遇一样，她们融洽而精彩的生活就此展开，但不同于任何一场简单的相加，从初见到相知，她们有着最独特的色彩。

"当时在来的路上就和舍友们通过微信群联系上了，第一印象是大家都很热情很活泼"，陈汶亭回忆起三年前初见室友的场景，依然记忆犹新。"大家都是平易近人的女孩子，虽然还不熟悉，但也相处融洽。"宿舍长王思璐高中就独自在北京上学的独立和自律，让室友十分佩服；一开始话不多的盛晨雨，则从倒垃圾、套被罩，到剥橙子、帮忙打饭，细致入微地照顾着大家；微信里活跃外向的刘伊颖，在初次见面中也展现出阳光的个性，张罗着帮大家买热水壶；但来自东北的张文钰却出乎大家意料的娇小可爱，第一个来到宿舍的她看着这方并不算宽敞的空间不断被填满，仿佛象征着在日渐增多的相互陪伴和充实。"宿舍有点小，但是挺明亮的"，上下铺，六人间，过道被三张桌子塞得满满当当，狭小的空间让六人彼此碰撞、摩擦，而正是这样的"包裹式相处"，加速了她们走进彼此生活的步调，也用欢笑接纳了现实与想象的差距。"宿舍太小，我们一起在宿舍用餐的时候，就用佳星、思璐和晨雨为了方阵训练准备的小马扎当凳子，可以说锻炼了我们艰苦卓绝的品质。"

冬天的到来，将起床用时无限拉长。第一次季节变换，梅三 114 是在互相叫醒去足球队早训中一起度过的。"这绝对是拉近感情的重要因素"，自从全宿舍一起加入了政管女足，她们也有了新的身份——室友、课友，更是队友，越来越多的相似之处和相伴，让六人的时空汇集交融，"好像无论我做什么，我们都在一起"。

2019：有了你，会不一样

第一次期末考试昏天黑地的复习，将 2018 过渡到了 2019。走出一片翻书声的自习室，钻进夜幕里，六个女孩也"整整齐齐"地跨过了新年的钟鸣。

"当时宿舍长给我们每个人都准备了小礼物！"第一次共同度过的跨年，张文钰仍然历历在目。刘伊颖也清楚地记得，那个独一无二的小吊牌和创意满满的"零食兑换券"，让疲惫的期末也透进了几缕欢笑。"我的礼物现在还在我柜子里呢！"陈汶亭因为参加了交流项目，第二次跨年没能和室友们一起度过，却从未缺席任何一个值得纪念的时刻。

"大二那年，我们是在群里发跨年红包来庆祝的"，稳稳降落在期末周的跨年，让六人总是用一起自习的"仪式"来庆祝新年到来，不用盛大的宴会，不用疯狂的欢庆，只要在一起，她们就拥有最独特、也最美好的回忆。

5月，梅三114宿舍在"政管群星"颁奖典礼上获得了"和谐之星"称号。她们在获奖感言中说道："足球是我们的共同爱好，也为我们带来了许多难忘的回忆。愿我们相互促进，相互学习，聚是一团火，散是满天星。"从全员归队政管女足，为了同一个目标共同奋斗；到期末互相帮忙占座、督促自习，室友的情谊和温暖，让法大成为她们温暖的"新家"。从2018年到2019年，六人都因成绩优异拿到过奖学金，令人羡慕的成绩在她们眼中，只是与"家人"共同奋斗的常态。

"我们经常'秉烛夜谈'，球队的比赛啦，期末的压力啦，明天要几点起床啦之类的。"那些难熬的时光，成为她们往后的收藏。熄灯后压低的笑声，盛晨雨每天早上那几声"起床啦"，纸箱里横七竖八的咖啡，还有门口的春联横幅，以宿舍之名久久站立，站成她们默契的起点，明天的指向牌。

2020：共奔赴，下站明天

以疫情为开端的，是网课和隔离交织踵至的2020年。梅三一楼的小房间蒙上一层层微尘，看似白天和夜晚一样的安静，但她们的交谈却并没有沉寂——那句"起床啦！"也如往常般响起——穿过网线，穿过几千公里的大地，穿过堆积已久的思念。

"大二开始，成为'师姐'之后，大家的心态和整体的氛围都会有所转变，虽然大家都很忙，也会抽时间思考讨论一些需要共同去承担的责任，可以说我们宿舍成为一个更成熟的宿舍。"足球，从六名队员共同的爱好，转化为六位师姐齐担的责任。时间为梅三 114 涂抹了更丰富的色彩，六个青涩懵懂的女孩也开始学着站在大人的角度，建起一座更坚固的"充电堡"。即将进入大二之际，李佳星就明显地感觉到"大家一下子变得厉害起来"，虽然依旧肆意流泪、放声大笑，但面对比赛的挑战、强劲的对手，"心态都更从容了，少了点畏惧，有了更多征服的勇气。"梦想着宏大未来的同时，她们却也仿佛从未被岁月改变。"我们就是一个快快乐乐的宿舍，要做最棒的我们！"

从一天一次的打卡提醒，到临近上课时分互相提醒室友进入直播间，再到分享因居家而突飞猛进的厨艺，"群里经常聊天，感觉似乎也没有很久不见"，当亲密成为一种惯性，依赖就能让她们不再分开。六个人携手向前走，也常常看向彼此，在绿茵场上，在一室之内，以"她们"之名，共同奔赴更加精彩的明天。

2021：从你我，成为我们

2021 年的钟声敲响，六个女孩在新年之际互相送出了自己最真挚的祝福。

王思璐：希望我们都能学业顺利！

刘伊颖：希望我们都能得偿所愿！2021 年快乐多一点，烦恼少一点！

盛晨雨：希望我们都能有所收获！

张文钰：希望我们平安健康、开开心心！

陈汶亭：希望我们学业顺利，平安喜乐，心想事成！

李佳星：让我们 2021 一切顺利！一起夺冠！

李佳星：一起夺冠！

王思璐：一起夺冠！

刘伊颖：一起夺冠！

盛晨雨：一起夺冠！

张文钰：一起夺冠！

陈汶亭：一起夺冠！

"我们要夺冠！"走向 2021，她们对女足的比赛有着淋漓的畅想，对未来也有着无限的信心，六张笑脸的映照下，冬季也似乎快要融化，那些期待中的"平安喜乐""学业顺利""得偿所愿"和"夺冠"之梦，也在"她们"共同种下的土壤里，向着又一次春日的重聚走来。

【CUPL 正能量第 229 期】
西协普法队：与法同行，播撒梦想

文｜团宣通讯社　周睿伊　李梦瑶

引言：中国之西，昆仑山下，英吉沙小城默默伫立着，穿越了千年的风沙，在岁月迭代中保有着别样的民族风情。时代车轮驶过，一群朝气蓬勃的少年，以网络为媒，以课堂为介，怀抱中国法典，怀揣赤诚之心，将一份普法力量注入这座古城。法治中国的梦想像蒲公英一样，飞往边陲小城……

团队介绍："与法同行"线上远程普法活动是由共青团中国政法大学委员会主办、中国政法大学西部志愿者协会与新疆维吾尔自治区喀什地区英吉沙县共青团委承办的线上普法宣讲活动。

为响应国家法治建设的号召，帮助少数民族地区了解法律知识，西部志愿者协会发起了针对喀什地区英吉沙县的普法工作。2021 年 1 月 11 日到 1 月 24 日，西部志愿者协会组织志愿者每日对英吉沙县一所学校学生进行线上普法宣讲，共开展线上普法活动 14 场，覆盖英吉沙县 7 所学校，共计约 1 万人次参与宣讲活动。

创新普法　扬法入疆

新年伊始，寒假初至，西协"与法同行"普法队员正如火如荼地进行着普法宣讲活动。志愿者们分布在全国各地，但通过线上普法宣讲的方式，将他们与新疆英吉沙县的中学生们连接在了一起。作为刚刚成立的团队，西协普法调研部还很年轻，虽显稚嫩，但不失激情。一直以来，西协都有远程支教的服务，"既然我们有远程支教的组织经验，是不是也可以顺便借助学科背景，试着进行远程普法？"出于这样的想法，2020 年 9 月 2 日，西协成立了一个全新的部门——普法调研部。

万事开头难，初次尝试远程普法活动的西协在活动之初面临巨大的挑战。从最初策划时"一点概念都没有"，团队成员抱着"试错"的态度开始了尝试。"摸着石头过河"最适合形容这时的西协。"活动形式是什么，效果怎么样，要去到哪里?"面对前方的未知，作为队长的法学院 19 级翁安妮压力重重，她发动其他普法组织的好友，希望能得到经验传授。"向他们了解了一些远程线下普法的经验，但线上和线下毕竟不太一样，所以一开始我们都觉得挺悬的，都不太确定能不能办得好。"

作为团队副队长，民商经济法学院 19 级的区兆卓回忆起活动起步时的困难，"联系与策划都比较困难，联系了十余所学校等待回音，同时努力地揣摩当地学生需要什么。"招募了数量庞大的志愿者后，再分组、培训、备课……庞杂的工作并没有让他们退缩。由于疫情防控的要求，志愿者们只能进行线上讨论，缺乏面对面的交流，团队的工作进展要比预期的滞后，于是熬夜修改稿件、组织提纲成了常事，"确实比较累，但觉得有意义，也就没那么辛苦了"。

创意课堂　趣味普法

联系好新疆英吉沙当地的学校后，当地县团委、校团委、校方和学生对西协都有很高的期望。当地的一所学校十分珍视这次机会，"校领导表示这是好事，全校都必须参与!"于是该所学校初中、高中的六个年级全部都要参与讲座。在和当地学生的初步接触中，翁安妮发现他们已经对法律知识有了一定程度的了解，有一些高中生会问一些有关正当防卫或者是生活当中一些涉及法律知识的问题，并能在互动中针对案例去质疑、提问，"尽管他们可能教育资源比较稀缺、紧张，但其实法律意识早已在当地校园普及开来了。"

为了使新疆的同学能够更清楚地理解普法内容，队员们选用了一些更为亲切生动的普法方式。在每次普法的开头，团队同学都会设置一位"引入者"来激发学生的兴趣及热情。国际法学院 19 级的邓熙可用自己小时候的经历引入法律的概念，而国际法学院 19 级的徐爽则擅长揪住一个比较细的法学概念展开论述，带给学生一种不一样的法律思维。"兴趣是最好的老师，开头激发起他们的兴趣能给后面的法律普及带来一定的帮助。"

复杂的案例对于初中生来说难以理解，于是，不同于法学课堂上大家熟悉的甲乙丙丁，在给初中生进行普法时，他们把案例中出现的人物用喜羊羊、灰太狼、奥特曼等替代，让陌生的法律概念在初中生熟悉的动画人物中得到诠释。在讲到姓名权时，普法队员们以史珍香、北雁云依为例进行阐述，提高学生对普法课堂的参与度。普法队员们力争每一次普法都能把握学生的兴趣，将通俗性、趣味性和专业性相结合。在欢声笑语中，法治的种子被慢慢播撒……

不忘初心　与法同行

线上普法中，网络是最大的问题。有一所学校没有钉钉企业号，于是技术人员要一个群、一个群地进，要对 80 多个班进行普法宣讲，技术人员就逐个进入 80 多个班的群聊。每次普法开始时，队员都要先问："听得见吗？看得见我的 PPT 吗？看得见我吗？听见我的声音吗……"第一天开始普法时，计划上午 10 点半开始，下午 1 点半结束，但因为技术问题一直延迟到中午 11 点多才开始，将近下午 3 点才结束。网络的延迟性也导致对学生反馈的不确定，对普法队员们的临场反应都是巨大的考验。

刚结束考试周，持续两个礼拜的普法，每天都要备课、讲课，后期志愿者们的热情出现了一定程度的削减。但每当开始一所学校的普法时，"看着学生们对志愿者们热情的欢迎和课堂上积极的反馈，大家的激情又再次重回'满格'。"回忆起学生们掌声中透出来的鼓励和支持，翁安妮和区兆卓难掩感动，"我们讲的内容只要有一个人在听，只要有一个人听进去了，我觉得都是有意义的。"普法结束后，有学生在钉钉上问了一些物业、业主的相关问题，志愿者们也很乐意进行法律援助。"可能我们随便普及的一个法律知识在关键的时候会起到作用，说不定可以让他去寻求法律的帮助，我觉得只要他们有一点点这样的念头，其实都是好的，我们这个活动都是成功的。"

"为什么一定要尝试普法？"这是翁安妮一直在思考的问题。一直以来，西协进行志愿活动都会有"初心日记"的环节，志愿者开始普法的第一天，会给 15 天后的自己写一封信，由负责人统一保管。普法活动结束后，由负责人发回志愿者手中。由于此次活动初期时间紧张，西协只能安排志愿者们在活动结束后写下自己的感悟——"希望我们的普法可以成为帮助他们在黑暗中摸索的萤火，给予他们前行的希望""这跨越大半个中国的交互承载着法治思想的传递，给他们带来利用法律去解决问题的意识，以及对'高屋建瓴'的法学殿堂最初的向往"……看到志愿者们发自内心的感悟，翁安妮的心中有了答案——"成长，是这个新部门举办新活动最大的意义。"

从支教到普法，从无到有，西协成员们在开拓中逐渐成长。做一个志愿组织，做一个法大的志愿组织，做一个有意义的志愿组织，这是志愿者们不变的追求。在线上课堂中，纯粹的热情点燃了英吉沙的校园，法治思想的火种默默传递到了祖国边陲。"遗憾的是线上的方式限制了普法的形式，没有给他们带来更多样的内容，但举办这次活动，我们觉得值了！"

　　"正是天山雪下时，送君走马归京师。"西协的远程普法之行已落下帷幕，英吉沙小城的同学们或已回归到日常的学习生活中，但法律的种子已在他们心中深埋。普法之路，道阻且长；西协之途，弦歌不辍，芳华待灼。面对未来，西协的志愿者们期待更多的同学愿意与之同行，共同致力于普法公益！

【CUPL 正能量第 230 期】 兰二 517 宿舍：四载同行路

文丨团宣通讯社　李元嘉

　　引言： 早上闹钟一响，李婧萱和王文烨先后从睡梦中醒来。"快醒醒！去图书馆了。"整个宿舍便这样开始了新的一天，大家接连起身，走向洗漱台。一千多个共同相处的日日夜夜，六个女孩并肩向前，伴随着本科时光尾声的到来，她们迈向更远的风景。

团队合照

初见，六个不同的梦想汇聚

将时间倒回 2017 年，在燥热的阳光和依稀起伏的蝉鸣中，来自天南海北的六个女孩陆续走进法大校园，住进了兰二 517 宿舍。初见的忐忑夹杂着对大学生活的期待和直面未知的雀跃，六个本无交集的女孩在这里相遇，带着六颗诚挚的心，开启了融洽而充实的生活。

"之前是从未谋面的网友，所以有些紧张。"回忆起第一次相见，六个女孩互相开着玩笑。来自广州的陈冰冰自带律政俏佳人的干脆和精致，爱吃辣椒的王文烨像大家想象的那样热情爽朗，两个人因为"要努力说好普通话"的目标马上熟悉起来；郭文靖笑着走进来，阳光的性格带动了宿舍同学的相互熟悉，最后成为宿舍长。"我记得我来时孟捷坐在床边，扎着长长的马尾辫，安静地看着大家"，陈冰冰回忆道，"没想到熟了之后其实一点都不腼腆。"

等到从家出发的北京女孩李婧萱站在寝室门口，宿舍里并不算宽敞的空间已经填满了女孩们的东西。收拾桌子，清理垃圾，大家忙碌着，充满烟火味的宿舍让人心生向往。

宿舍和想象中不大一样，上下铺、六人间，因此她们做的第一件事，就是讨论如何最大限度地利用宿舍空间。很快，宿舍拥有了两张可以学习的桌子。此时她们并不知道，这两张桌子将伴随走过四年的每一个期末。

见大家又沉默了下来，郭文靖率先开启了话题。

"我来法大就是为了学习法律，你们呢？"

"我觉得翻译很有意思"，王文烨面前摊着崭新的课本。

"我想出国！"有人接话。

"我还不知道，想修双学位再寻找一下目标。"

气氛又热闹起来。

初入大学的生活懵懂却十分有趣：一起去吃早饭，最后在文靖的吆喝和带领下去操场跑步；晚上文烨在宿舍放歌，大家一起跟着哼唱；在不想起床的周末一起点同样的外卖。"大家突然就变得特别熟悉。"朝夕相处的生活迅速地拉近了彼此的距离，六个女孩在法大找到了自己的港湾。

成长，交织着生活的酸甜苦辣

步履匆匆，奔波于各个教室的新学期渐渐拉开了序幕，翻译专业对语言能力的高要求和想要修读双学位的学习任务同时提上日程。学习的压力悄无声息地压在了众人心头。她们迅速从初入大学的状态中抽离出来，开始专注于自己的学业。

"我们要一起进步！"那一天就像故事真正的起点。白天一起上课、一起自习和互相讨论，晚上挤在一起准备抢图书馆第二天的座位，几个女孩干劲十足。

"大家一起学习真的很有斗志"，李婧萱感慨地说起大家互相激励的过程。住在郭文靖上铺的文烨，是宿舍里的勤奋担当，宿舍聊天的间隙，常听到她在上铺背单词的声音。不同于习惯一起泡在图书馆的其他舍友，董孟捷更喜欢独自在宿舍自习，大多数时候，只有阳光洒在桌前，宿舍里偶尔有动笔的沙沙声。她能在小而温馨的宿舍里感到家一般的安心。

在学业之余，宿舍的六个女孩建立起亲密的友谊。聚餐庆祝生日、备考间隙集体出行解压、相约健身，甚至有一起在医院过夜的独特经历。"我胃不太舒服，需要去医院。有谁醒着吗？"董孟捷在床上痛苦地蜷缩成一团。向来觉浅的李婧萱从梦中惊醒，以最快的速度下床，扶起孟捷，一刻不停地陪着她去了医院。望着两个人什么都没带就离开的背影，王文烨拿起钱包，也穿着睡衣追了出去。宿舍里的其他女孩也醒了，她们紧盯着手机，等待结果。"我们三个就穿着睡衣在医院过了整整一夜"，孟捷回忆道。

或许这就是成长，共同的经历让六个女孩对于彼此有了更深刻的认识，笑泪参半的温暖回忆留在了每一个人的心中，在略有凉意的夜里，在医院的座椅上和昏暗的宿舍里，六颗年轻的心更加紧密地靠在了一起。

尾声，谢谢你们一路陪伴

"生活总是推着你向前。"好像刚刚才踏入大学的校门，转眼就要开始认真考虑和选择自己的未来了。以疫情敲响新年、网课拉开帷幕的2020 年是她们人生至关重要的一年。不能见面的六个女孩在群聊里讨论未来。

她们付出了一千多个日夜的努力，挑灯夜战"啃"晦涩难懂的专业书籍；为了扎实基础反反复复地背单词，别的宿舍讨论美食、电影和明星的时间里，她们大都在争论着某个课上遗留的讨论题。偶尔怠惰时她们互相提醒，学到崩溃再互相打气。此刻她们发觉，可以选择的路很多，且完全都是靠自己创造的，回首看那些灰头土脸埋头苦学的日子，一切都值得了。

最终，郭文靖以专业课第一名的成绩保研至法大国际法学院涉外人才法学实验班，和好姐妹陈冰冰在未来的几年里仍将作为同学共同奋斗；一心热爱翻译的王文烨选择了攻读南开大学翻译硕士；李婧萱想将法学的课程修读完成，继续寻找自己的兴趣所在；董孟婕和李岳涵则向考研发起挑战。六个女孩都做出了选择，兰二517也因为她们的不懈努力成了当之无愧的学霸宿舍。

回首最后冲刺这段日子，她们从在法渊阁上自习互相看管手机，到晚上大家一起喝出奶茶里的最后一个珍珠，再到睡前的放松聊天，她们依旧像从前一样一起度过，像在法大每一个充实的平凡日夜一样坚持和努力着。

"干杯！所有人都有灿烂的明天！"果汁在叮当作响的杯中摇晃，六个女孩儿笑得十分明媚。这是在学校的最后一个冬天，未来的画卷和相见的约定留在彼此心里。那些期待中的好消息，是她们共同努力、一起拼搏的结果，只需要等待春暖花开。

虽然我们都认为，唯有天才方能造出伟大的作品，但今天我想说，无名的工人同样能够制造出毫不逊色的杰作。

【CUPL 正能量第 231 期】纪定佟：我是法大一个兵

文丨团宣通讯社　王韵怡　杨淳　杨　豫

引言：漫漫静夜，乡民们安睡的呼吸让整个喀什更显平和，而纪定佟所在的武警部队中的官兵们，却丝毫没有放下警惕。在这寒冬深夜，官兵们穿戴着沉重厚大的防寒设备坚持站岗放哨，保护着祖国大地和人民的每一夜和平。

人物简介：纪定佟，2015 年入学，2016 年 9 月入伍，于武警江苏

总队苏州支队教导队进行新兵训练，2016 年 12 月结束新兵训练并被分配到武警江苏总队某支队，2017 年 9 月受到组织信任开始接受外出任务，2018 年 7 月返回中队，结束为期两年的服役，现为中国政法大学法学院 2018 级本科生。

男儿立志出边关

爬高墙、练障碍，热火朝天，挥汗如雨，这是纪定佟童年时最为熟悉的战士们的模样。成长于军人世家的他，记忆里满载着父亲部队练兵场的模样，打心底里向往着步入军营，成为像父亲一样的军人，能尽青春之力，护国护民。"小时候折根木棍就当作枪，也特别喜欢看历史、战争题材的影视作品。"从军之梦，在小小的纪定佟心中悄然播种。

随着不断长大，纪定佟更加理性地认识到，依法服役是一个公民的光荣使命，也是一份不可代替的人生学习和历练。懵懂的憧憬生长成愈发茁壮的决心，他眼中的军旅之途也更加清晰明朗。2016 年 9 月，在完成大学一年级的课程学习后，纪定佟终于在家人的支持下选择先服兵役，再回到校园进行专业知识学习。"能够参军要特别感谢国家的好政策，让大家能够毫无后顾之忧地去服役。"

组织用我，用我必胜

以士兵的身份再次回到儿时熟悉的练兵场，纪定佟开始了日复一日枯燥艰苦的训练生活：早操、整理内务和洗漱、操课、午休、训练和体能训练、自主学习、熄灯。背诵部队生活制度，训练间穿插勤务和"五小练兵"，纪定佟在高强度的训练中锻造的是牢固的军人技能，更是钢铁般的军人意志。"部队本是一所大学校，从中学到的知识技能乃至于精神，都不亚于在大学中所学习的。"纪定佟坚信按部就班的日常训练正是部队纪律和战斗力的基石，即使再艰辛，他都会咬紧牙关坚持下去。"服从命令，听从指挥，英勇顽强，坚决完成任务"，他脱口而出的口号亦是中国军人的身体力行。

经历过了一年多的严苛训练，纪定佟在部队日常生活中展现出的专业性、可靠性受到了组织的肯定与信任。2017年9月20日，正巧那天是他的生日，纪定佟接到了重要任务。他明白这项任务的重要性和艰巨性，也为能参与这项特殊任务而感到自豪。他下定决心，即使任务对象再难、再狡猾，他都要克服心理关，完成好组织下达的任务，不辜负组织对自己的信任。

在执行这项任务的过程中，纪定佟被临时调往新疆喀什。深入西北地区的喀什，昼夜温差极大，这给军人的日常勤务工作带来了不小的考验。"我们的队伍御寒装备很齐全，不会冻伤。"但作为担负着执勤处突反恐维稳重要任务的武警部队，只能直面严寒，在每一处没有遮蔽的寒凉里，战士们就这样安静地站岗放哨，守卫着一方平安。耿耿星河下，每当环境艰苦难耐，纪定佟便会告诉自己，这是来自法大的战士为边防建设事业所做出的贡献，用使命感和乐观的情绪，给自己驱寒鼓劲。"昼夜温差大的地方水果总是比较甜，所以可能正是因为喀什的昼夜温差大，战友们笑起来普遍也很甜。"那是纪定佟和战友们明朗的笑容和坚韧的汗水织就的，为祖国、为人民付出之后由心底溢出来的甜。

把军魂带回法大

修电线、换灯泡，在两年部队时光的锻炼下，纪定佟形成了高度独立、自律的生活作风。退伍后，他和许多法大的退伍军人一样，加入了强军协会。在相比军营纪律更为自由的学校学习生活中，他们在日复一日的相互监督和交流下，保持着严格的自我要求。"强军协会的同学们真的太强了，既有法大学子的专业素养，又保持着军人的作风，这不断地提醒着我要对生活做出更好的要求。"与此同时，纪定佟还加入了国际法学院的长跑队，保持着每日三公里到五公里长跑的基础锻炼，"相比入伍前，作息也更加规律、健康了"。

部队带给纪定佟更独立的生活能力，也带来了更深远的思想启发。在入伍前纪定佟就有着坚定的共产主义信仰，而进部队、下基层，让他更加充分了解并体验了基层官兵的心路历程和想法，也使得他对马列主义和中国军魂都有了更全面的认识。"我们的军队不仅要有坚毅的军魂，更要有马列主义、毛泽东思想、习近平新时代中国特色社会主义思想武装的大脑！"退役回校后，纪定佟加入了马克思主义协会，进一步研讨学习马克思主义智慧。"学习是一件非常幸福的事，军队的磨炼让我更加珍惜校园的时光和身边可爱的同学们。"加勒万河谷戍边战士的光荣牺牲，让纪定佟深深地受到了触动，同为军中儿女，纪定佟为有他们这样的战友而感到无比自豪。"敌人腐烂成泥土，烈士辉煌化金星！"寸土不让，是戍边战士心里的界碑；保家卫国，是中国军人永远的使命和信仰！

"我是法大军人，更是中国军人！"一朝为军人，终身有军魂，迈向未来，在校园生活里，在学术道路上，纪定佟仍会坚持用汗水和热血、用为人民服务的信仰锻造"退伍不褪色"的法大军魂、中国军魂！

作为法大军人的优秀代表，纪定佟想对即将入伍的师弟师妹们说："我真心地希望师弟师妹们在部队能够不怕吃苦，努力学习在部队能学习到的一切技能和知识，为祖国的国防建设贡献力量。更希望师弟师妹们保重身体，在训练中聚精会神避免受伤。我们强军协会的师兄师姐非常愿意帮助我们的战友，祝你们前程似锦，早日建功！"

【CUPL 正能量第 232 期】赵尔雅：重新定义舒适圈

文丨团宣通讯社　王轶尧　郎　朗

引言：从一个比赛到另一个比赛，在有限的时间里尽可能做好更多的事，赵尔雅不断挑战着自己的能力极限，而在这个过程中，她也在不断重新定义着自己的舒适圈，在自己的生活中主动把握好每一个机会、每一种可能。

人物简介：赵尔雅，中国政法大学国际法学院 2017 级涉外班本科生，曾获国家奖学金、一等竞赛奖学金、二等学业奖学金、校三好学生

称号；曾获国际刑事法院模拟法庭竞赛（英文）国际赛团体四分之一决赛选手、全球排名第12名，国际刑事法院模拟法庭竞赛（英文）中国选拔赛总冠军、最佳检察官辩手奖（第一名）、"外研社杯"全国英语演讲大赛北京赛区决赛一等奖等。

年少不惧风与浪

2018年，在"贸仲杯"国际商事模拟仲裁庭比赛的遴选上，有这样一位年轻的选手，略显局促下却饱含跃跃欲试的冲劲，她便是赵尔雅。

参赛前，她就已经了解到此次"贸仲杯"的参赛选手普遍都是高年级的师兄师姐，但是怀着"越做不到的事情越有意义"的心态，赵尔雅也开始从零开始着手准备遴选题目。

"年级低"意味着许多相关知识赵尔雅还没有系统地学习。国际经济法和国际私法是这次比赛涉及的两个基本领域，但这两项专业课都在大三学年开始，而对于当时大一的赵尔雅而言，就连案例中最基本的国际公约都闻所未闻。

面对这并不相等的起点，她反而表现出超人的热情。"我当时的心情一点都不沮丧，恰恰相反，可以说是热血澎湃！"赵尔雅回忆道。既然没有学习过，那就从现在开始学。遇到不理解的新事物、新概念，赵尔雅就把它们统统用搜索引擎进行检索，下载一个个PDF文件，去一条条地读，尝试将它们嵌入自己的逻辑体系里。

直到很久以后，当赵尔雅真正开始学习国际经济法、国际私法这些科目时，听到那些熟悉的概念后，她不禁会心一笑，这些早就是她的"老朋友"了。

在这次经历后，赵尔雅再去审视自身，不禁对她曾经接受过的建议——"跳出舒适圈"有了全新的看法。赵尔雅认为，在她能够直面差距和未知去参加比赛时，她所谓的"舒适圈"早就不攻自破了，为什么要强调"跳出舒适圈"的重要性呢，为什么不将尝试新鲜、更有挑战的事情就看作自己"舒适圈"的一部分呢？这样的想法在她的脑海中扎下了根。

试将浅唱作歌咏

一旦有了从"我究竟怎样才能突破自己的舒适圈"变成"这本就是我舒适圈内的一般操作"的想法后，赵尔雅也试图把自己从一个"敢于挑战的人"向"习惯并乐于挑战的人"转变，然而挑战的背后，往往伴随着压力与痛苦。

随着大二下学期一同到来的还有繁重的课业。在面临六门专业必修课和基本排满的课表的情况下，赵尔雅依旧选择将 40% 的时间全部用来准备国际刑事法院模拟法庭比赛。由于六月份打完国际赛回国时已经濒临期末，所以在四月份结束国内赛后，她就开始高强度学习自己的专业必修课。为了利用国际赛的空闲时间来复习，赵尔雅在动身去阿姆斯特丹的行李箱内装满了教材和复习资料，当时出国托运的行李限额是 23 千克，而她装满复习资料的行李箱差一点就超重了。

对于最后的复习周，赵尔雅已经很难记清楚，"大概就是一边学一边哭，一边哭还要一边坚持学。"

现在当她回头看那段艰难的时光时，她认为其实在做好准备的情况下，期末六门专业必修课也不是很可怕的事情，真正最难的是面对压力来袭时的手足无措。

"我的理想状态是，当压力袭来时，我允许自己感到紧张，甚至允许自己感到痛苦，但我不会允许自己崩溃，因为适量的痛苦本身就是我对自己'舒适圈'预设的一部分内容。"而当她慢慢熟悉了怎样去面临压力、调整心态、增强续航后，这种一直与适当的挑战为伴的生活也成了赵尔雅的"新常态"。

且看杨花自在飞

"其实在上大学之前，我一直是一个十分容易害羞的人"，赵尔雅笑道。对当时的她而言，在全班面前进行分享的压力就像一座大山重重地压在她的肩头。这段时间，赵尔雅变得格外忙碌。每天的空闲时间都会被她用来看纸稿，难以计数的课下排练。而当她走下讲台的那一刻，看到了老师和同学的微笑，她忽然发现，其实在公众面前讲话也没有那么可怕。

而这次小小的演讲，恰恰成为赵尔雅之后挑战路途上的一个新起点。在大多数人眼中，赵尔雅的种种经历似乎就是一种"自虐"的过程。只有赵尔雅自己知道，参加竞赛，去尝试、去挑战，都让她感到新奇和兴奋。

"如果让我说，在我仅有的经历里我学到了什么，那就是不要急着否定自己，不要急着逃离自己现在的状态，而是主动而勇敢地重新定义自己的'舒适圈'——让它更加新奇、更加包容，更有挑战性，也更有柔韧性。"

而在一次次的尝试、挑战中，赵尔雅不仅遇见了优秀的前辈、队友，也邂逅了一个更勤勉的自己。

在巨大的压力面前，感到自己的渺小和无力，并不是什么令人难过的事情：即使天赋异禀的人也不会有一蹴而就的经历，知识和思想的进化本来就是每个头脑必不可少的过程。随着经历的增加，我们会越来越能接受这种设定：我的确没有那么优秀，但我是个自觉的人。

赵尔雅说："我经常打趣说，解决压力的最好办法就是'蒙住眼'。当然，'蒙住眼'不是选择性失明，而是去尝试着首先审视自己。只有对自己有了充分的了解，才可能去定义自己的舒适圈。"

以及，生活不一定总是去为了"进步"，而是让我们感到，在这个世界上阅读、探索、思考，是如此幸福！

【CUPL 正能量第 233 期】陈煜烺：学思践悟登攀者

文丨团宣通讯社　张宇圻　李梦瑶

引言：律所的一天总是要与时间和任务赛跑，深夜一点左右刚睡下，七点不到便又起床，迎着旭日朝阳与人潮熙攘，陈煜烺前往律所开始了一整天的忙碌。陈煜烺曾经设想的律师工作在实习中得到了印证——律所紧张的工作氛围，资深律师的指导与信任，客户重要资料的经手与交付，都让他享受着这日复一日的拼搏过程。结束了一天的工作之后，他整理好手头的资料，看着被墨色逐渐晕染开来的北京的天空，回想起了在法大奋斗的无数个日日夜夜……

人物简介：陈煜烺，中国政法大学刑事司法学院 1702 班本科生。大学所有课程均分、绩点排名第一，多次获国家奖学金、学业一等奖学金，曾获英国欧华律师事务所（DLA Piper）奖学金、竞赛优胜奖学金等，获评校级优秀学生干部，提名"感动法大十大人物"，获"挑战杯"三等奖，第十二届国际青年能源与气候变化峰会（IYSECC12.0）优秀参会代表，目前于北京市中伦律师事务所陈际红律师团队实习。

参与国家社会科学基金青年项目，并在项目支持下与中国政法大学史明洲老师合著论文（第二作者）。撰写《千亿资金跨境打新背后　个人金融数据出海隐忧》发表至《新浪财经》，独著论文《公共利益视域下我国商标侵权惩罚性赔偿制度研究》发表至《知产力》，该文被"中国知识产权律师网""网易新闻""搜狐新闻""天眼查"等知名媒体转载。

勇气，踏向未知远方

勇气，是陈煜烺大学生活的关键词。他在大学期间所做出的一些选择需要莫大的勇气，或者说是"下险棋"。

陈煜烺过去的论文、专业方向似乎都聚焦在知识产权法，但其实陈煜烺并非一开始就着迷于知识产权法。大二第一次接触刑法后，他就基本上确定自己以后研究生的方向是刑法。"刑法的两阶层是一种非常有逻辑和体系的构造，让我觉得对于每一个问题都能够非常逻辑、立体化地进行研究，这样一个过程让我很享受。"于是在大二下学期，他连续几个星期与方鹏老师讨论"不作为犯"的相关问题。从明法楼到食堂，从食堂再送老师回到上课的教室，陈煜烺对不作为犯的很多新认识便诞生在这条与方鹏老师讨论的路线上。

出乎意料的是，大三时陈煜烺决定临时更换保研方向。一次短暂的实务经历让他接触到了知识产权业务，加之在实践中对法律有了更深一步的见解，他期冀自己能够发掘更大的潜力，于是将目标放在了更加国际化、现代化的知识产权法上。这一改变意味着陈煜烺之前为了刑法所做的一切努力将不能在他的保研路上发挥很大作用，但陈煜烺却并不觉得遗憾。"临时换方向确实压力很大，但我依然感激当初研究刑法的那些日子，其实我真正对学术产生兴趣、能够投入学术的那段时间，也正是刑法带给我的。"

沉淀，而后厚积薄发

陈煜烺现在的履历逐渐丰满，然而故事的开始，他认为自己仅仅是一个普通的大一学生——他有着和大家一样忙碌充实的社团工作，对自己的成绩也没有过高的期许。从一片白纸开始，他的大学画卷徐徐展开：大一下学期成绩排名出来后，辅导员告诉陈煜烺他的排名是年级第七，惊喜之余，陈煜烺才意识到自己原来还有潜力可以挖掘，也有了变得更加优秀的想法。于是他开始一次次尝试参加比赛、打磨一篇篇论文。

明确将知识产权法作为自己的学习方向后，陈煜烺开始在知识产权领域进行更深入的研究。在撰写《公共利益视域下我国商标侵权惩罚性赔偿制度研究》一文时，他阅读了一切可能相关的资料、了解到其他作者的逻辑之后，才得以提出这个国内目前对知识产权惩罚性赔偿的新观点。在论文修改过程中，陈煜烺前后找了四位老师帮忙修改，甚至每星期给老师发好几条信息以寻求其参考与答复，在每一位老师修改建议的基础上不断地完善观点、精雕细琢。在完成终稿前，陈煜烺的这篇论文至少已历经七八稿，最后才达到令他满意的程度。

这篇发表于《知产力》的论文被放入周末特稿一栏，给了陈煜烺相当大的肯定。对他来说，一篇优秀的论文写作，不是规定字数下的文献综述，更不能浅尝辄止，而需要潜心阅读文献，提出具有创新性和可操作性的观点，并不断予以论证——论文是对自身语言表达能力的考查，更是对法律思维的检验，成熟的法律思维能够多方面论证自身观点。千锤百炼后的作品，才过得了陈煜烺心中的关卡，经得起学术的检验。

坚定，我自心有乾坤

当同龄人都在为实习而奔波忙碌时，陈煜烺一直专注学业，这也导致他直到大四还没有在律所实习的经历。见他迟迟不实习，有同学曾为他着急，但他心中自有乾坤——"大一大二学术能力毕竟有限，工作成果可能需要高年级律师来大面积修改，下次 senior 就不可能再把一些核心任务交给你，那么实习经历可能不会有很多收获。但我大四已经建立起自己的法学思维，这时所反馈的成果便是有一定价值的，能够让律师信任，这样就会形成一种良性循环。"

律师工作向来需要扎实的知识储备，觉得自己已经做好了面对法律实务的准备后，陈煜烺从课本跨向了实践——大四时，陈煜烺经过面试如愿进入北京市中伦律师事务所实习。初入律所，没有任何实习经验的他曾在邮件中语不择言，将"我会不断熟练"说成了"我不会不断熟练"，但熟悉工作后逐渐得心应手。在工作中他逐渐接触到了自己曾在法学学习中遇到的知识，那些课堂中的法律概念逐渐变成了自己手中的工作资料——前不久律师带着他去西安参与数据跨境项目，而近期他也多次承担起草法律意见书、撰写研究报告等难度较大的项目工作，在实践中他一次次参悟法律的真谛。从课堂到律所，从法学理论到起草 memo，不变的是日复一日的参悟与拼搏。

陈煜烺似乎总在和高年级同学竞争——在挑战杯中作为唯二由大二学生组成的团队，和其他大三、大四甚至研究生前辈竞争，现在又作为团队里唯一的本科生和其他研究生共同实习。"年龄最小""不够成熟"，在他人眼里或许这是他的短板，但陈煜烺却不以为然。"正因为自己年龄不大，所以我可以放开一切去拼，并且我对自己的法学功底、沟通能力和法律写作都有足够的自信，因此我总会尽最大可能完成项目，争取让律师眼前一亮。"虽然年轻，但他从不放宽对自己的要求。"我一般都是以自己交付的成果能够直接反馈给客户（但由于经验的欠缺，事实上往往需 senior 作一定修改才可发给客户）这样一个要求来完成的。"不畏惧那些看似不可能完成的事情，将现有能力尽最大可能发挥，凭一腔勇气，便可以看到自己的潜力。

同时，为了自己热爱的事业，他也需要放弃一些同样吸引人的机会，"我本来已通过层层选拔，在今年 3 月份要正式参加央视《民法典大赛》九期节目的录制，以及在去年就商定的 2021 年去英国欧华律师事务所实习的 offer，最终因为我对目前团队工作的热爱和自身的成就感而选择放弃了其他所有机会。"

从起初的青涩懵懂，到现在 senior 已经可以把项目中较为重要的工作交给他，在独属于他的时间坐标里，陈煜烺在用另一种速度追求自己的法律梦想。

此时的陈煜烺站在本科阶段的最后一年，回首过去，他已然收获良多。从进入法大自视普通的学子，到为校争光，不断攀登学术高塔的法学生，再到如今奔波于红圈所并全力以赴、亲尝梦想滋味的实习生，陈煜烺用不平凡的大学四年书写了"须知少年凌云志，曾许人间第一流"的理想画卷。

人生中会有等待，有付出，有百转千回；而后也会有勇气，有鲜花，有前程似锦。他用实力获得底气，以勇气充盈信心，学思践悟，勇攀高峰，最终的滋味尽在往日成长与拼搏的甘甜中。

【CUPL 正能量第 234 期】 刘一诺：职途探索者

文丨团宣通讯社　王轶尧　王韵怡　秦新智

引言：健身房内，刘一诺结束了一天的工作后，一边健身放松，一边构想着"法外狂徒"社群的细节。十分钟后，她慢慢呼着气开始休息，打开手机，怎么去搭建社群氛围，怎么去阐述自己的愿景，又怎么去写群公告……她将脑海里的设想一点点敲打下来。健身房内喧杂不停，指尖时断时续落于屏幕之上，一个致力于分享实习经验与机遇的社群，在一行行简短的记录中逐渐孵化。

人物简介：刘一诺，法大新闻学 16 级本科生，辅修社会学。曾任校曲艺团京华京剧社社长。从大二暑假开始，先后在法治日报、AI 财经社、财经杂志、单向空间书店、混沌大学 APP、亿欧网等实习，目前在刺猬公社担任记者。

她曾为学校同学做过简历修改服务，也做过无偿的实习信息分享社群，帮助非法学专业的同学共享就业资源，萌生了建立"法外狂徒"校友互助联盟群的想法。"法外狂徒"校友互助联盟群建立后，刘一诺在群内定期组织职场经验分享，希望为法大同学提供更多法学以外的职业选择，找到适合自己的位置，拓宽人生的发展空间。

"在法学之外，我有更想去认知的东西"

在大一的时候，非法学专业的刘一诺和周围的很多朋友一样感到迷茫。"我们学校的很多同学都知道法学是最好的一个学科，学了就一定要做这一行，却往往忽视了自己真正的兴趣所在。"在这段最迷茫的时期，刘一诺开始广泛接触各种课程与培训班。北大的非虚构写作培训班、赵丙祥老师的人类学、孟庆延老师的当代中国社会、马皑老师的越轨社会学……在众多学科杂糅的学习过程中，她看到了无数追逐自己梦想成功的例子，也逐渐形成兼收并蓄的世界观和价值体系，感受到人生的无限可能。

包容、多元、支持，这是刘一诺在社会学的课堂所感受到的，也是她在大学阶段找到的关键词。随着对社会学的兴趣愈发浓厚，刘一诺明白了自己也可以在其他方向继续努力。在兴趣的驱使下，她选择了辅修社会学。孟庆延老师告诉她，人文社科类学科间都有相关性，如果刻意强调学科间的区别，就会让知识和知识结构之间的互动感没有那么强烈，就会让思路越来越狭窄，"一条路走到黑"。同时接触新闻学和社会学，让刘一诺逐渐意识到社会学的研究和新闻学的知识不仅能有机衔接，而且互为补充，让刘一诺感到自己的新闻学知识"更有厚度了"。

刘一诺的第一次实习是在《法治日报》做法治新闻选题。法治新闻是法大新闻的特色发展方向，大二下学期，刘一诺在学院的帮助下，找到了第一份实习工作。但随着实习的深入，她发现法治新闻更加严谨、程式化，客观而又很少有创作空间。这对于喜欢探索全新可能性的刘一诺来说，并不是很合适的选择。在老师的推荐下，她尝试到偏财经类、商业类的媒体实习。"刚开始我觉得或许我们做法治新闻会更有优势，但后来我发现适合自己的才是最好的。"接触到财经类新闻后，刘一诺的自我认知有了新的扩展——或许法大的学生出来不只能做法治新闻，还可以涉猎更多的领域。

从自我前行到帮助他人

"实习让人能够真正地浸泡在社会里，了解自己，调整计划。"刘一诺在自己的经历中，对实习感悟颇深。她第一次尝试在实习方面帮助同学，是在大四上学期。正值疫情，很多同学都在焦虑地寻找工作，但却缺乏写作简历的经验。刘一诺和舍友都有比较丰富的实习经历，她们开始准备一个偏公益的简历修改服务。她们先给同学发送经验贴，然后花上一个小时左右和当事人详谈自身的长处、目标职业和职业规划，最后再用一两天的时间逐条修改简历。但随着毕业季的到来，逐渐繁忙起来的刘一诺也陷入思考，这种一对一的简历修改服务需要花费极大的时间成本，但收效却与之不相匹配，那么是否有一种方式，可以为师弟师妹们带来更大的帮助？

2020 年 12 月，在海南电影节出差的刘一诺收到同事发来的微信。同事接到一份法大学生投递的简历，虽然履历显示出较高的法学专业水平，但求职者非新闻专业的学习基础和寥寥无几的新闻经历，却让同事断了招收的念头。刘一诺感受到了问题的严重性，或许有许多法学或非法学的师弟师妹，希望从事非法学工作，但缺乏专业优势和实习就业途径。刘一诺联系上师妹，简单了解了她的情况。2021 年年初，刘一诺所在公司又开始招收实习生，她第一时间去找了师妹。"师妹花了一个月的时间投了很多家媒体，但没有一家媒体让她面试。这种情况我很难接受。"经过一段时间的相处，刘一诺清楚地知道师妹有着很强的新闻素养和很高的写作水平，于是她在公司帮师妹争取了面试机会。

由于刘一诺的推荐与师妹在面试中的优异表现，师妹成功被公司录取实习，但这件事情给刘一诺带来了思考，"其实我的能力也有限，我能够给一两个、两三个人做职业上的建议，但法大那么多非法学专业的学生，我肯定没办法一个一个帮。"由此，建立社群的想法开始在刘一诺心中生根。

"法外狂徒"的路，满是荆棘也满是花香

在帮助师妹找到实习后，有简历修改经验的刘一诺，开始构想"法外狂徒"社群的建立。一开始，她不确定社群是否能够建立起来，于是编辑了一条朋友圈征求大家的意见，没想到大家的反响十分热烈。在交流中，她发现工作后的好友回忆起大学时光的反应都出奇一致——在对未来最迷茫的大二阶段，其实很需要一个经验丰富的人提供一些指导和建议。在社群二维码公布之后，不到一天时间就有近八百人涌入。"我觉得'法外狂徒'能够做起来的原因就是，很多校友希望能够在朋

友、同学之间有一个认同感，一个跨越年级、跨越专业这样一个关系的感情上的勾连。"而"法外狂徒"的出现，恰逢其时。

刘一诺建立"法外狂徒"的过程意外地得到很多人的支持与帮助。民商经济法学院的老师了解到"法外狂徒"后也很关心社群的建立。"不学法，也会有光明的未来"，刘一诺一直记着老师的话，"法外狂徒"能够得到法学专业老师的支持，让她备受感动。一些在律所和从事法务工作的法学同学，也为"法外狂徒"的设想点赞，帮忙转发扩散。2009级付姿桢师姐和其他很多师兄师姐也愿意加入社群，分享经验。

刘一诺仔细回想法大的宣讲活动，她发现学校针对非法学专业的宣讲会不是特别丰富。她想到了做一些非法学的行业宣讲，可以有广告行业、新媒体行业、社会公益或者其他丰富的选择。"因为我们的群里有很多同学，他们可能想做更多元的事情，但没有一些成熟的经验去参考。"除此之外，她也安排了如何平衡生活和工作这种生活化的话题讨论，希望"法外狂徒"可以让大家看到更多的可能性，给每个人以归属感。

"我现在更希望大家会觉得这是一群活生生的人陪伴在你身边，告诉你这样是可以的，这样是有可能性的。""法外狂徒"不涉及商业，初衷也很纯粹——为法大学子提供不一样的可能性。社群的运行很简单，每个人都在"用爱发电"，谁有时间或者谁有想法，就会自发去寻找分享人选。

从自我迷茫到坚定笃行，从独自为师弟师妹提供帮助到"法外狂徒"中的互相鼓励，刘一诺以自己的经验与力量，为更多的师弟师妹指引更丰富的职途可能。不要随波逐流，要选择最适合自己的道路，多接触一些别的学科，多接触更多的可能性。这是刘一诺一直坚持的行动标杆，也是她对师弟师妹们最好的期许。

【CUPL 正能量第 235 期】 王校然：四年四度的 "戏剧人"

文丨团宣通讯社　王韵怡　路梓暄

引言：和校园里的行色匆匆不同，王校然和朋友们正在地下车库精心排演即将上演的剧目。他仔细琢磨每一个动作的处理方式，反复推敲一句台词背后的人物情绪，思索表演每一句台词的语气声调，想到更好的演绎方式后便赶忙注释在台词旁。他陶醉地把自己代入角色之中，努力地为法大学子们上演一出好戏，已全然不觉地下车库的逼仄阴冷……

人物简介：王校然，中国政法大学人文学院 2017 级本科生，曾任人文学院学生会副主席，保研至中国政法大学法律硕士学院。本科期间，参演话剧《暗恋·桃花源》《窗前不止明月光》《无动物戏剧》《新生入学教育情景剧》，执导话剧《青鸟》及《新生入学教育情景剧》。大学四年，王校然从未放弃对于戏剧的热爱与追逐。

从"门外汉"到"戏痴"

2017 年夏末，一年一度的新生教育剧在法大如约上演。彼时彼刻，台下的王校然沉浸其中，逐渐将刚到大学的迷茫和担忧抛之脑后，同时他对戏剧的浓厚兴趣悄悄萌芽——就这样，他被引入法大小众的戏剧之路。"这个剧虽然是小品串烧，却很紧凑有张力，竟然有一种大戏的感觉，确实是新颖又有趣。"

在新生社团的招新中，王校然成功通过了莽原话剧团的面试。他参与社团的第一次正式演出是《暗恋·桃花源》。第一次登台演出就是扮演这部知名话剧的男主之一江滨柳，王校然面临着很大的压力。"无论是否去剧场看过这部话剧，很多人都听说过《暗恋·桃花源》。观众可能都会事先看一看评价，心里会带着一杆秤来看我们这一版的话剧。"为了演好剧中的江滨柳，王校然找来各种版本的《暗恋·桃花源》进行观摩学习，努力去揣摩前辈对于角色的演绎方式。"六大"下课后，室友们去约夜宵或是夜跑，王校然却抓紧时间奔赴排练室。"当时真的排练了无数次，我甚至能记住一些对手戏中对方的台词。尽管如此，在台上表演时我的手上还是紧张得出了汗，但是我望向台下，观众专注的眼神给了我极大的信心，落幕时雷鸣般的掌声也让我很确定，这一出戏是成功的"，王校然回忆道。

在"传帮带"中的成长

大二时，几个话剧社的师兄师姐邀请王校然参与自己组织的毕业大戏《无动物戏剧》，王校然欣然接受了这份邀请。这次话剧与之前参演的话剧不同，创作的自主空间很大，但除却导演和演员们的满腔热血，团队的物资捉襟见肘。"我们就是白手起家，当时真的是一穷二白，要自己做道具、拉赞助。但这段时光其实是我大学四年最快乐的一段时光。"剧组的气氛十分轻松活跃，师兄师姐会组织很多有趣的小游戏穿插排练之中，当时的王校然除了上课以外最想做的事情就是和朋友们一起排练。

虽然剧组缺少物资，但导演和演员的心都往一处使。为了制作出精美的、合适的道具，王校然和朋友们跑到水屯建材城购买大型的道具，要求有较高还原度的道具则先在淘宝上购买原材料，再上网查找教程自己动手组装、制作。当导演提出有一个道具需要今天处理时，几乎每一位空闲的演员都会心照不宣地去看一眼，哪怕只是过去鼓励一下大家、打一声招呼。"当初为了让演员们演得更有劲儿、更有归属感，师兄还给团队起了名字，叫'连跑带颠'。我们一群人就这么跑着、颠儿着，一起把一出戏剧完成了。"就这样，"连跑带颠"团队将一个简单的构想浇灌培养成了一棵茁壮的大树，排好了一出毕业大戏。"演出当天，场子坐得非常满，甚至已经毕业的师兄师姐也前来捧场，那种感觉真的是太棒了！"

家人一样的团体，让王校然明白了如何打造团结一致的剧组，师兄师姐的鼓励和教导让他更加自信、专业，这次的经历也让他希望能创作出更自由、更有创造力的戏剧。

感悟戏剧与生活

四年来王校然的生活一直与戏剧密不可分，毕业之际，为了创作出更多有魅力的戏剧作品，也为了挑战自我、让自己的艺术之路增添更多可能性，他开始自己做导演，执导《青鸟》。"做演员，听导演的安排、演好自己的角色就好了，不需要去统筹全局。现在自己是导演了，要负责更多、思考更多。"作为导演，从选剧本到挑选演员，再到后台、舞美，都需要王校然去策划、统筹。

谈及剧本的选定，王校然道："《青鸟》这个本子是给过我很多帮助的倪佳晨师兄推荐给我的。其实看第一遍的时候我并没有特别仔细地阅读，因为实在是太长了，整个剧本有六万多字，就大体知道这讲了一个奇妙的童话故事，认为把童话搬上舞台的难度相当之大，自己的能力和客观条件都不允许。"但是在寻找剧本屡屡碰壁之后，王校然开始重新阅读《青鸟》，他发现这部童话除了华丽的场景描写，在内容上其实是十分有深度的。虽然披着童话的外衣，《青鸟》实则讲了生死、人与自然共生、贫富差距、幸福是什么等十分深刻的社会问题和哲学问题，这一点深深地吸引了王校然。因此，在选定剧本后，王校然在原作的基础上进行解构与改编，融入了更多个人思想，希望将《青鸟》带给他的感动通过一个奇幻童话的方式传递给所有的观众。

与此同时，面临从演员到导演的转型，王校然也遇到了瓶颈。以前当剧组成员对角色有不同理解而发生争论的时候，性格温和的王校然会作为"和事佬"去"劝架"；而现在作为导演，他需要拿出更强硬、更坚决的态度去决定每一处细节，需要更严格地要求既是自己朋友也是团队成员的演员们，需要去改变自己的处事方式，用更恰当的方式去管理、团结整个剧组。不过面对这些挑战，王校然没有太过担心："虽然有挑战，但是我不会太过担心，遇到问题可以自己多琢磨、做研究，也可以向师兄师姐请教。我相信，一切都会迎刃而解的。"

"四年来，坚持戏剧表演带给我的成长和快乐是巨大的，在研究生阶段我想我还是会继续坚守在我所热爱的舞台。"在未来的路上，王校然也将一直是一个在表演路上"连跑带颠"的有趣灵魂。无论作为导演还是作为演员，王校然在所热爱的戏剧之路上，会持续克服困难、挑战自我，以剧中之人筑身外之梦，奔向下一段与艺术的奇妙邂逅。

【CUPL 正能量第 236 期】
府学路 27 号急救队：用专业的心，做急救的事

文丨团宣通讯社　王轶尧　郎　朗

引言：胸外心脏按压、纱布包扎、担架的起步与放下……随着一次次的重复，练习者的动作也愈发规范。从科普推送到校园安全保障，时间从一个春日辗转至另一个春日，府学路 27 号急救队也在成长为一股愈加专业的力量。

人物简介：府学路 27 号急救队，原名中国政法大学急救队，由民商经济法学院 17 级本科生陈楚帆于 2020 年 3 月 21 日发起，是具有一定急救知识与学习兴趣、致力于普及急救知识的法大学生自发成立的急救兴趣组织。急救队始终以普及急救知识为己任，至今共推出急救科普推送 11 篇，专业性、趣味性强，阅读量高。2020 年下旬，在与校医院进行了良好的沟通后，府学路 27 号急救队正式出现在各大活动的安全保障队伍中，为我校学生人身安全的保驾护航贡献出自己的青春力量。

因缘而聚，创造新可能

2020 年 3 月，尚是乍暖还寒的初春，全国正在与突如其来的新冠疫情积极作战，法大学子也因为疫情的缘故没能返校，而一个全新的校园组织正在这个初春的襁褓中萌芽。

2020 年 3 月 21 日，陈楚帆作为发起者在网上发出一篇推送，召集全校范围内拥有红十字急救证、兴趣相投的同学，建立属于中国政法大学的校园急救队。短短几日，经过召集、报名、面试后，一支由来自各个学院的 12 名法大学子组成的中国政法大学急救队正式成立。

"最开始建立急救队的目的，是向大家科普一些较为专业的急救知识，而且当时大家都没有返校，这也是第一届急救队的工作以制作科普推送为主的原因"，现任第二届急救队队长的王诗琦坦言。

未能如期返校，第一届急救队只能在线上开展急救知识科普，但他们科普推送的质量却并没有因此而大打折扣。每一篇推送的诞生之初，成员们会首先讨论这篇推送的背景和情节，在知识点不重复的同时保证趣味性。为了增强推送的可读性，急救队的成员们将每篇推送都联结成一条故事线，并通过两位主人公：经常出事故的马大哈和急救天使之间的故事进行科普。

"万事开头难"，但负责"孵化"的第一届急救队成员们并没有因此而心存疑虑，"由于相关的学校学生兴趣社团或组织比较少，我们反而共同期待着能为学校的急救工作做些什么。因兴趣而相聚，以热情为动力"，第二届急救队副队长龙泠伊如是道。

"正是全新的组织才有无限可能"，在2020年春日的煦风中，急救队用一篇又一篇高质量的急救科普推送，为日后的工作打下了扎实的基础。

责任在肩，争做安全保障先锋

2020年秋，法大学子重回校园，而急救队也经历了第二届成员的变更，并正式更名为"府学路27号急救队"，由第一届队员王诗琦担任队长。在与校医院经过良好的沟通并建立互助关系后，第二届急救队更加注重实操性，关注校园安全保障。在2020级新生运动会上，府学路27号急救队初露头角，为学生的安全保障贡献力量。

2020年新生运动会时，急救队同校医院合作，于操场北处设置急救保障中心，并安排队员全天候值班，共计为15位同学处理伤口。

运动会中，一位女同学同时参与了跳远、铅球等多个项目，由于动作失误，这位同学一开始受了轻微的擦伤，在经过急救队的创面清理后，坚持参与接下来的跳远，导致纱布被沙子污染，伤势扩大的同时存在感染风险。急救队队员张峰搏等人再次对其进行紧急处理，加强敷料。直到下一个项目结束，该女生后手肘再次受伤，在经过急救队队员们的劝阻后放弃了接下来的项目，队员们再次对她身上的伤口进行清洁和消毒。

"她当时真的特别渴望去参加接下来的项目，但是如果继续参加的话，她的伤势肯定会有再次扩大的风险，我们才不得已尽力把她拦下"，张峰搏回忆当时的情景说。

除了大型活动，在日常生活中，也处处看得见急救队的身影。

2020 年 11 月 24 日，急救队副队长于琦正在食堂就餐，偶遇一位女生突发癫痫，那时急救队刚刚接受过校医院吴医生的培训，在拨打过区医院和校医院的电话后，她迅速疏散人群，保持通风，为防止女生受到二次伤害，迅速移除身边物品，找出这位女生的一卡通，并联系导员和同学了解相关病史。直到校医院医生赶到并给这名女生吸氧，女同学脸色及呼吸逐渐恢复正常，于琦才转身离开。

12 月 3 日，队长王诗琦和副队长于琦正在为急救队本学期最后一次例会做准备，突然发现两位校医正从北门赶来。在了解到一位女生在端升楼四楼晕厥并伴有呕吐症状后，王诗琦等人没有丝毫迟疑，迅速加入救援队伍。将女生送往校医院后，陪同其进行心电图检查，直到确保其安然无恙。接连经历两次事故后，急救队也在朋友圈呼吁大家期末时注意身体健康并附上校医院电话。

在一次又一次成功的施救中，急救队的名字正式在法大传开，队员们的积极性也随之上涨，彼时尚未孵化的幼鸟，早已到了羽翼颇丰的时刻。

科普培训，打造"全校急救队"

虽然急救队扮演着校园安全保障者的角色，但平时却很少见到他们的身影，因为事故的发生并不是可以事先预料的，学校需要"保驾护航"的大型赛事也很有限。对急救队的成员们来说，他们的目标不是时时在一线，而是"人人都是救护员，全校都是急救队"，让更多的人具有急救知识，能在紧急情况发生时贡献力量。急救队 2020 年推出 AED 设备科普，希望普通的同学在接受科普后也能在紧急情况下及时联系校医院并取用设备，进行基础的处理。

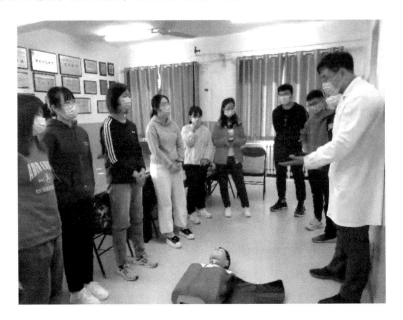

在科普之外，急救队队员也致力于急救技能的培训，不断提高队员们的实操水平。除了常规例会中的培训之外，急救队每位队员都配备两

本急救手册供平时阅读；校医院的吴晓峰医生也会担任指导老师，为队员们普及相关急救知识，无论是 CPR、AED 的使用方法，还是海姆立克急救法，都让队员们受益匪浅。除此之外，每学期期中和假期，急救队也会组织队内知识技能考核，帮助大家巩固学过的急救技能，也便于队员们进行交流。在未来的培训中，急救队内部也会更加注重技能的实际操作能力，争取尽快获得专业的资质认证；同时通过内部分工，有针对性地、更有效率地提高队员们的专业素养。

"这里有人晕倒了"是训练的常用开头，急救队的队员们正在努力让每一起事故仅仅停留在这样的开头，让校园安全更好地惠及校园里的每一个人。

"用专业的心，做急救的事"，这是急救队的初心，也是他们的宗旨。作为一个刚刚萌芽的团队，他们没有深厚的历史背景，有的只是志同道合的归属感和想要为法大发光发热的决心。向着救助他人的目标前进，他们的故事才刚刚开始……

【CUPL 正能量第237期】阿卜杜：担当，在细微处

　　引言："帮助人要帮助到具体的人，做事要做到最细节的事。"在窄窄的办公室里逐字逐句校对翻译成维吾尔语的法律指导案例，在灼热的夏天耐心解答着亲友的法律疑惑，在日复一日的校园生活中描绘出平静而动人的色彩，阿卜杜一笔一画地将这些渺小细微的情感勾勒清晰，用实际行动讲述着他的爱与梦想。

　　人物简介：阿卜杜热西提·托合提玉苏普，民商经济法学院2018

级本科生，在校期间刻苦学习，热心普法活动，主动发起将法律文件翻译为维吾尔语的公益行动，并运用新媒体手段推进少数民族地区的普法。在生活中，他关爱家人，通过参加勤工助学岗位和获得奖学金实现经济独立自主，并承担了弟弟在校的生活费，彰显了法大学子的自强本色。

学以致用，助人于细微处

2019 年的冬天，阿卜杜千里迢迢从北京回到了思念已久的家乡。但不同于以往的是，除了日思夜想的父母和弟弟，等在家中的还有几位亲朋好友。阿卜杜第一次清晰地感受到，自己是以法学生的身份回到熟悉的家乡，有那么多需要帮助的人，那么多亟待解决的疑问，在等待着他。

"在农村，许多人因为欠缺法律知识，对于问题的解决方式未必是合理合法、科学恰当的，如果我能运用自己所学的一些知识，帮到他们就好了。"基于简单也真挚的念头，阿卜杜开始从口头转述做起，为身边接触到的人解答法律上的问题。无论是面对上门咨询的亲戚，还是辗转到达的嘱托，他都会认真查阅相关资料，最大程度地给予解答帮助。随着解答的问题不断增多，阿卜杜不禁想到：除了自己身边的亲朋好友，整个农村地区的各族人民都普遍存在着这样的法律困惑，而他们也许得不到这样的答疑解惑，也由于信息技术的水平和语言的障碍而难以自行查阅资料。为什么不将一些有参考意义的法律文本翻译成民族语言呢？使命感像喀什的月亮，在阿卜杜心里逐渐明朗。

2019 年下半年，在阿卜杜和其他熟悉维吾尔语的法大学子积极号

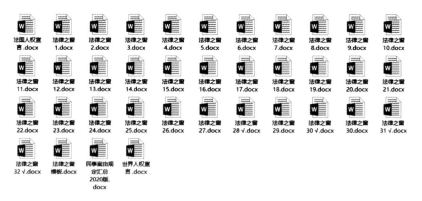

召和参与下，翻译小组初步成立。翻译小组旨在通过将中华人民共和国最高人民法院的指导案例翻译成维吾尔语，以供使用维吾尔语的人民参考和学习，促进家乡法治观念的建立，让更多的村民"在司法案件中感受到公平正义的重要性"。一百余个指导案例，对于并非专业翻译的小组成员来说，是一条漫漫长路，而支撑他们前进的，只有心中的月光。

每个指导案例，初步翻译耗时就在两个半小时以上，并不冗长的汉语案例翻译成维吾尔语，最长的达到十六页，短的也需要满满的七八页。初步翻译之后，更有经验的小组成员会对翻译文件进行审核。阿卜杜在参与到翻译审核之后，进一步地感受到了使命的重量。"细节很重要""一定要严谨"是他常挂在嘴边的话。在阿卜杜看来，虽然他们的翻译成果并不会作为权威被参考，但只要被一个人读到，他们就要对这一位读者负责到底。在汉语和维吾尔语的转化，尤其是在法律文件的翻译中，常常出现找不到对应词语、语言逻辑需要进行调试等问题。"上个月指导案例已经发布到第 156 号了，而我们现在已经完成并推出只有 30 篇，远远没能完成我们的使命。"不愿停下脚步的阿卜杜开始寻求更丰富的方式推进家乡的普法行动。

心怀家乡，奔走于细微处

学法之后，每一次回到家乡，阿卜杜都有许多想和村民们分享的知识和心得。"但是我的村庄里，和我一样学法律的同伴，一个也没有。"这为宣讲的筹备和组织带来了极大的挑战。

从向村民解释为什么要开展普法宣讲，到和村领导班子沟通活动开展的场地、时间和形式，这些宣讲之外各种繁琐的工作，阿卜杜要做的比他想象中多得多。但并不擅长交际对接的他，却把这视作一次难得的机会。"不论是从法律知识的表达方法上，还是从宣讲活动的安排筹划方面来看，都跟学校中学到的有着不同，在解决实际问题的过程中，我能学到更多课堂上没有的东西。"

虽然获得了不错的反响，但普法宣讲毕竟只能以次计算，并且辐射的范围基本上只在一个村落之内。正在他苦苦思索如何扩大影响力时，县里一位来自北京大学法律系的女生的演讲，引起了阿卜杜的注意，阿卜杜开始设想联合起本县的大学生，建立一个专业性、公益性的组织，在县城里进行各方面知识普及的宣讲。"县里的大学生在各个方面都有人才，有的学医，有的学法，有的学工，有的学农，这是现成的资源，都可以参与进来，提供一些力所能及的帮助。"

阿卜杜从县政府了解到，如果能建立起一个大学生公益宣讲组织，通过官方的认证手续，可以获得更多的宣讲机会和条件支持。他开始主动了解办理手续的流程，联系县里来自各个大学的陌生大学生，繁琐复杂的进程，就这样在阿卜杜的担当与热情之下，缓缓推进。虽然疫情的来临使得行政手续暂时没能完成，但在阿卜杜的脑海中，专业知识和建设家乡的联结逐渐变得清晰起来。

作为从家乡走出来的大学生，如何担负起家乡建设的责任，是阿卜杜一直在思考的。"上海对口援疆的干部们为我们设计的集中校园区，真的是受益百年的项目。"对于为家乡的建设奉献了青春与热情的援疆干部，阿卜杜充满了感激和敬佩。与此同时，他也暗下决心，为了让这片土地成为更美好的家园，自己也要担负起一份责任。

走近梦想，爱在细微处

从将案例翻译成维吾尔语，到回答身边人遇到的法律问题，再到用浅显生动的话语宣讲婚姻家庭法知识，阿卜杜在实现自己法学求知梦想的同时，也为家乡的法律普及不断提出新的可能性。

初到法大校园时，阿卜杜的梦想其实和绝大多数法大学子一样，只是想要一心学好专业，成为一名基础扎实的法学生。"我从小就一直想当老师"，阿卜杜常常想象，将来回到家乡做一名老师，能帮助更多的人考上心仪的大学，学到能建设家乡的知识。为了鼓励弟弟考上大学，阿卜杜向他许诺："你要是能上大学，学费我来付！"如今，他实现了供弟弟读大学的承诺，弟弟能学业有成，也成为他梦想的一部分。兼职工作和学业课程之间的奔走是疲惫的，但他更为兄弟二人都能在求知道路上不断前行而感到满足。

家，是阿卜杜放不下的牵挂，也是他不断前行的动力。考入内初班后，十二岁的阿卜杜独自离开家乡喀什泽普，来到将近一千八百公里之外的乌鲁木齐。一年回一次家，没有手机之类的通信设备，陌生的环境和尚不亲密的老师同学，甚至成绩也不尽如人意，阿卜杜从一个活泼外向的小男孩一下子变得沉默腼腆。但这样的变化，并没有动摇他走向更广阔世界的决心。"接到妈妈的电话，会让我非常想家，但也会让我重新充满努力的动力。"他始终坚信，只要人们对自己的家乡有一丝情怀，以一点力量回馈社会的大爱，正能量就会代代传递，生生不息。

有一分热，发一分光。对于阿卜杜而言，家人、家乡和国家，给予他的爱和支持，使他得以成为今天优秀的模样，他也将用最实际的行动，回馈那片热爱的土壤，回到那些可爱的人们中去，用每个细微处的努力，担负起自己和家乡的梦想。

【CUPL 正能量第 238 期】
挑战杯 "红色实践" 调研团队：力做青年孺子牛

文丨团宣通讯社　冯思琦

引言：线上会议的视频聊天室中，调研团队一帧一帧地完善眼前屏幕上的视频，认真挑选比对，慎重选择字幕的颜色字体，不断调试旁白配乐，窗外早已繁星闪烁。不知多少个像这样的夜晚，伴着耳机中传出铿锵有力的青年之声，他们汲取力量，从法大校园出发，将 "红色精神" 传播至更远处。

人物简介： "行在拓荒　苦亦荣光——写给习近平总书记的一封信" 由王凡、邓凯瀚、陈浩楠、陈嘉诚、闵露妍这一小组的成员共同

完成。团队成员以观察者、采访者、实践者和传播者的身份，刻画属于法大人的"吃苦"故事，引领全校师生在社会实践中感受党的百年光辉历程和新时代伟大成就。项目以追踪报道的形式采访调研，展现了原1502 班成员、"1502"新时代青年知行社成员以及其他优秀法大学子践行总书记"立志做大事"的嘱托，用视频形式展现法大人在国家基层治理实践中"德法兼修、致知笃行"的青春故事。

"五三"重要讲话精神的学习者

2021 年 1 月 20 日，刚刚迎来寒假的王凡在朋友圈看到"挑战杯红色专项活动"校内选拔赛的通知，"我当时报考法大很重要的一个原因，就是在新闻上看过 2017 年习近平总书记考察法大时的报道，加上自己校园记者的经历，很想知道这四年来总书记的勉励对我们法大学子的成长轨迹起到了怎样的作用"，出于这样的想法，王凡迅速编辑了朋友圈，寻找队友组队调研。不到半小时，来自同一部门的陈浩楠在朋友圈留言表达意向，之后商学院的闵露妍与光明新闻传播学院的陈嘉诚、邓凯瀚先后加入。由于同是校园记者或是日常交往频繁，团队成员本就熟络，王凡随之建立讨论群，调研团队在轻松愉快的氛围中正式成立。

在专业学习和校园活动中，团队成员积累了丰富的访谈经验，对各领域优秀的法大学子有着较为充分的了解，从入学教育起，他们调研小组成员就对习近平总书记考察学校的重要讲话和勉励语精神熟稔于心，希望能通过此次调研，对受到感染的优秀法大学子的成长轨迹进行系统全面的梳理。1 月 25 日起，每晚 9 点的语音或者视频讨论成为大家假期生活的常态，群名也被组长王凡改为"明天见"，为了更好地完成调研，团队成员每天都在线上相见。

　　"时代呼唤担当，民族振兴是青年的责任。"四年来，优秀的法大学子在各个领域纷纷承担起时代责任，发光发热。调研团队借助过往的访谈资料及师友帮助，大致列出了近百名法大学生以及校友作为访谈对象，经过初步对比筛选，选择了投笔从戎、扎根基层、精准扶贫、乡村支教、抗疫救援等方向的 7 位法大人作为深度调研对象，通过文字、语音等形式在线上展开访谈。

"拓荒牛精神"的传播者

　　访谈的工作并不轻松，访谈对象的时间协调、调研信息的深入挖掘、成长轨迹的系统梳理，都需要队员们细致严谨地对待。回忆起收集调研内容的情形，队员们仍历历在目，"经常写了一部分内容又在小组讨论时被推翻"，在不断地打磨中，访谈资料完成了初步汇总。

　　谈到访谈人物的共性品质，团队成员们不约而同地选择了"拓荒牛"这样的称呼，"自讨苦吃、苦中作乐、自得其乐"成为这群优秀法大学子的群像。在访谈 2007 级本科生苏知的过程中，由于苏知所扶贫的红河县洛恩乡哈龙村委会工作需要及条件限制，访谈的过程往往是"跨时空"对话，王凡白天把问题发给师姐，师姐处理完工作，深夜两点左右再进行回复。"之前从没有经历过跨度这么长的采访，但不觉得辛苦，师姐凌晨回我消息的时候总是抱歉地说这么晚了才回，真的很感动。"一份完整的访谈稿，前后经过一周的时间终于完成。组会讨论时，大家纷纷将采访心得进行分享，抗疫一线逆行的身影、基层扶贫中党员的初心、军营"退伍不褪色"的迷彩军装，沿着优秀法大学子的足迹，团队成员也在系统化梳理的过程中进行着自己的"拓荒之旅"。

"红色精神"的传承者

7 位深度受访者，5 万余字的访谈资料，两个月来，调研团队的目光随着受访对象的足迹，从扶贫"战场"到祖国南疆、从迷彩军营到支教课堂。新闻学专业的陈浩楠在朋友圈转载过这样一段话"新闻舆论工作者做好党的政策主张的传播者、时代风云的记录者、社会进步的推动者、公平正义的守望者"，对于调研团队来说，这次经历也促使着他们成为记录者、传播者与传承者。

2021 年 2 月 3 日素材初步汇总后，制作视频的任务由具有新媒体视频制作专业特长的邓凯瀚主动请缨。近 30G 大小的素材、7 个压缩文件夹，打开素材库的邓凯瀚一度不知从何下手。"我们团队最大的优点就是团结、靠谱"，组会上，队员们逐一归纳人物特质，帮助邓凯瀚梳理线索，以法大生根发芽的"拓荒牛精神"为重要脉络，串联了 7 位主人公事迹，用行动书写对习近平总书记的回信。2 月 11 日初版视频制作完毕，线上会议的共享屏幕中，大家一帧一帧地讨论画面衔接动画、人物旁白的音量、字幕的字体颜色，经过 5 版的反复打磨，题为

《行在拓荒　苦亦荣光——写给习近平总书记的一封信》的参赛作品在 2 月 28 日终于定稿，交付校赛通道。

功夫不负有心人，团队作品顺利通过了校赛和北京市赛，并被推至国赛最终参与在四川大学举行的评审答辩。5 月 1 日下午，还在午睡的王凡接到乔逸如老师关于入围通知的电话，一度怀疑是不是在梦中。得知入围的好消息，处在假期模式的成员们立刻着手准备。课余时间聚集在逸夫楼办公室进行讨论，直到快要熄灯才赶回宿舍，简单洗漱后在楼道里小声背展示稿，和指导老师祖昊、陆健、袁芳以及校团委的老师们在一次次模拟展示中打磨细节……忙碌的身影后，团队成员们更多的是享受这段充实的时光。"我们要全力以赴，取得一个更好的名次，把法大青年，乃至中国青年的面貌进行呈现，告诉大家，我们这一代依然是'红色精神'的传承者。"

"处优而不养尊，受挫而不短志"，四年来，和调研团的成员们一样，法大青年在习近平总书记的勉励语精神的滋养下不断成长进步，在不同领域贡献青年力量，以"孺子牛"的精神砥砺自我，奋进不止，赓续着属于自己的"拓荒之路"。

【CUPL 正能量第 239 期】
刘煜成：法律，让社会更美好

文丨团宣通讯社　杨　豫　李梦瑶

引言：一字一句认真为当事人写好诉状，却发现这位单亲母亲的一纸胜诉判决并不能让她真正如愿见到女儿，刘煜成不由陷入思考，并带领团队开展了《法与情的契合：我国探视权执行模式的选择》的校级研究生创新实践项目研究。世界或许不如理想中的纯粹，刘煜成却始终坚持着真挚的法治理想，关注着瞬息万变、民生种种，用时光与钻研写就作为法学生的答卷。

人物简介：刘煜成，中国政法大学民商经济法学院 2014 级本科生，中国政法大学民商经济法学院 2018 级民事诉讼法学硕士研究生，于 2021 年 7 月入职君合律师事务所。大学期间，他热心学生工作，曾任研究生院羽毛球协会会长、校学生会副主席、校网球队队长等；同时，他关心社会热点，积极开展学术研究，作为项目负责人参与 2018 年校级研究生创新实践项目《法与情的契合：我国探视权执行模式的选择》，作为项目参与人参与 2016 年国家级大学生创业实践项目《微驰》，作为项目负责人参与 2016 年国家级大学生创新训练项目《小区开放后物业转型研究》，作为项目参与人参与 2015 年北京市大学生科学研究项目《快递保价条款评估及改进方案》。

时间拨回七年前的夏天，少年结束了高考冲刺，走进了法学的世界。"我爷爷退休前就是一名法官，退休之后也会代理各种公益案件，在他潜移默化的影响下，我觉得法律其实也挺有意思的，也会让人拥有

很多学问。"带着一份纯粹的探索之心，刘煜成踏进了中国政法大学。

浩如烟海的法条，忙碌充实的学习，形形色色的案例，刘煜成法学学习的开始和大多数法学生并无二致。随着学到的法律知识越来越充沛，刘煜成获得了比预想中更高的成就感，也逐渐清晰地感觉到自己作为法学生肩负的责任之重。

2015 年，网络购物方兴未艾，物流行业也随之呈现欣欣向荣之态。快递成为越来越多人传送和获取物品的选择，物流行业也面临着越来越多的新需求和日益庞大的吞吐量。在商业营利的疾鞭催驰下，不断涌现出快递因暴力分拣、运送疏忽而发生损坏、灭失的热点新闻。"比如说寄送一张非常珍贵的照片，或者一个证书的时候，它在客观上只是一张纸的价值，但是对于当事人一定有重要的意义，要是寄丢了，应该赔多少钱？"作为关注社会热点的法学生，刘煜成敏锐地察觉到其中立法不明晰、不完善的问题。

经过对不同案件的整合分析，刘煜成与他的朋友最终锁定了研究对象——快递保价条款。从 2015 年 10 月到次年 12 月，他和队友共同申报了北京市大学生科学研究项目《快递保价条款评估及改进方案》，试图探究更好地保障寄件人和收件人权益的快递保价规定。一年多的深入研究，一方法律世界一角的蓝图，承载着少年无数的使命感和期待值。"可能我们的研究产生的助力只是很微弱的，但是看着现在相关法律越来越完善了，我们就相信去做这些是有意义的。"

2016 年 2 月，新闻媒体报道了《中共中央 国务院关于进一步加强城市规划建设管理工作的若干意见》，其中推广街区制，逐步打开住宅小区和单位大院的建议引发了广大人民群众的热议，不少网友就小区开放可能造成的安全隐患和居住环境舒适度改变等问题参与了网络讨论，但刘煜成的目光却落在了不同的地方。

"逐步打开住宅小区是势在必行的，作为法学生，我们能切实做到的就是去考虑各种实际情况和利益关系，研究怎么样切实保障居民们的合法权益。"结合生活经验，刘煜成很快关注到了小区开放后停车位使用、车辆通行与居民活动的冲突、物业管理费用征收范围等居民的切身利益问题，并作为项目负责人带领队友们开展了《小区开放后物业转型研究》国家级大学生创新训练项目研究。在别人眼中，这些都是"到时候再说"或是"决策者该操心"的事情，但对于他而言，这是他所学知识可以有所助益，能够解决的问题，那么就是作为法学人的研究之责。"有时候研究的切入点可能是微小的，但去解决这些微小的问题，回应一点点的风声雨声，关心民众权益的维护与规范，就是法律的浩瀚之源。"

2017年3月，昌平的早春还没能将余寒尽数消融，本科三年级的刘煜成作为中国政法大学劳动法律援助中心的一名成员，开始了为当事人提供法律援助的旅程。

在劳动法律援助中心期间，刘煜成接触到的当事人大部分都是遭受到各种不公的穷苦劳动者，希望能维护自己最后的权利。真正接触现实问题之前，他踌躇满志，希望用自己的法律知识为所有当事人排忧解难，"我们的设想里，就没有解决不了的问题，但是真正去做的时候，你会发现所有的问题都解决不了"。面对当事人基本都经过了一审、二审甚至三审、在法律上走投无路的案件，刘煜成清楚自己能做的并不多，但面对这些经历了人生百态、岁月蹉跎的当事人，他从不会直接让对方放弃，而是耐心地倾听，尽心地寻找新的解决路径，不断给予当事人关心和安慰。"法律有时候不是唯一的度量衡，你会发现更多的人需要的是真心的关怀。作为法律人，我们需要去提供法律的工具；但作为一个人，我们首先要给他们一些温暖。"

如今，刘煜成凭借扎实的法学功底被君合律师事务所公司并购组录用。七年的法大时光，让他打下了扎实、深厚的法学基础，也收获了无数珍贵美好的回忆，更刻下了坚定的初心。"在力所能及的范围内，我会坚持关注社会热点，关心需要帮助的人，用法律力量创造更好的环境。"在距离《令人心动的 offer》第二季开播半年之后的节点上，此刻褪去光环的他仍然是那个温柔而心怀善意的少年，在内心信仰的指引下，努力成为更好的自己，也刻画着更好的世界。

【CUPL 正能量第 240 期】法大羽协：不负每一分热爱

文丨团宣通讯社　周睿伊　李梦瑶

　　引言：夕阳洒落暖暖余晖，启运体育馆内，随着球起、球落，空中划过一道道美丽的弧线，刚刚结束训练的他们擦着满头大汗，收拾球包向彼此告别后，身影逐渐被夜色晕染。4 号场地和 8 号场地见证了他们日复一日的训练，每周五和周六的傍晚，他们都用汗水涂抹着这份熠熠生辉的热爱。

　　人物简介：中国政法大学羽毛球协会，简称羽协，是由一群有一定基础的羽毛球爱好者组成的团体，代表法大广大业余羽毛球选手的最高

水平。社团曾代表学校参加 2020 年首都高校羽毛球锦标赛（单项赛），取得了乙 B 组女单第三名、乙 B 组男单第五名、乙 B 组女双第三名、乙 B 组男双第三名的傲人成绩，曾获昌平区九校赛第一、2019 年首都高校羽毛球锦标赛（团体赛）乙 B 组第三。作为非体育特长生组建的爱好者团队，羽协成员坚持每周两次训练，以此提高羽毛球爱好者的技术，并曾因此获得"先进体育运动组织"的称号。

破局，逆风中飞翔

2018 年对于羽协来讲是极为特别的一年，人文学院 17 级的周广成、社会学院 17 级的吕汪泽以及商学院 17 级的马韵茹便是在这一年成为羽协的新一任的管理者。那一年，面对羽协以往不算如意的成绩，面对前一年团队赛惨败的阴影，他们重新思考羽协的定位——"我们，真的无法冲击领奖台了吗？"他们在不断思考着破局之法。好在，那一年羽协获得了学校的帮助，第一次领取学校支持的服装令队员们十分激动，恰逢团队新老交接带来了气氛的改变，"那一年团队凝聚力特别强，所有人都憋着一股气在训练"。

2019 年团体赛，周广成带领羽协参加高校团体赛。背负着团队的期冀，压力自然沉重——"我心里一直想着千万不要'一轮游'，我填出场名单的那个手一直在抖"。那场比赛前半赛程一直顺风顺水，但到团体赛半决赛 4 进 2 时，羽协遇到了老对手中国农业大学，一共五场比赛，最后以男单 30：31、女单 29：31 的比分惜败，几分之差，羽协不得不止步于此，与决赛失之交臂。虽然最后的名次并不高，拿了团体赛第三名，但团队每一位球员都非常激动——这不仅仅代表着简简单单的奖牌，更意味着背后那一整年所有人的努力付出得到了回报。

那天晚上球队去吃火锅庆祝比赛，杯盏交错间大家畅想着羽协的未来，很多人都在那晚喝醉了，一直以来积蓄的情感似乎在那一个夜晚倾泻——"因为成绩真的很好，半决赛之前都没有遇到什么困难，对于当时来说是一个巨大的突破。"这一战是羽协队史上浓墨重彩的一笔，这场比赛似乎改变了羽协的"风水"——羽协以前没有过那么好的成绩，但从那一年开始，羽协出去打比赛，名次都不会特别差。从那场球赛开始，似乎有一颗冠军之梦的种子在羽协慢慢萌芽……

拼搏，追求更好的自己

诚然，从最开始发展到今天，羽协并不是一帆风顺的，他们面临着重重挑战。一周近三百个羽毛球的消耗一直给他们带来不小的经济压力。另一方面，因为人数较少，拉不到赞助也一直是一个难题。不过，羽协也一直在将这样的压力扭转成动力，他们相信，一步一步慢慢来，取得更好的成绩后会慢慢获得认可，一切困难都将迎刃而解。

通过几年不懈的努力拼搏，如今羽协履历颇丰，在多次比赛中获得重要奖项，这背后离不开每个人的付出。国际法学院 18 级的张永强作为队内球技相对较高的人，一直承担着帮助队员训练的工作，"如果他们打得不好，那就证明他们训练得不好，那训练得不好就是我的问题。"他时刻将队员挂在心上，平时也会请教自己以前的教练和朋友，希望能够获得更多的训练方法帮助队员进步。

外国语学院 19 级的林语荷现在担任羽协的会长兼队长，她认为羽协能取得成功的核心因素在于每一位成员，每一个队员无论是在训练还是在比赛的时候，都有一颗非常上进的心。"我们的目标就是冲着最高的领奖台出发，虽然我们不一定每次都能到达，但是我觉得这是我们的一个目标，我们永远追求的就是更好的自己。"

他们也将这份追求延伸到了对每一届队员的选择中。招新是羽协非常重视的环节，也体现了羽协坚守的初衷。"招新试训的人员确实很多，但是我们只想留下那些真正热爱打球的。"林语荷在阐明羽协招新与试训要求时，也强调了羽协一直以来的发展态度是追求队伍质量，重视队员感受，不过分追求规模扩大。"最终我们留下的队员其实是很少的，这其实是对队里的负责，也是对那些队员的负责。"法治信息管理学院 19 级的黄祖迪便是在大一未能入选，经过一年的练习后，在大二达到了入选标准才加入了球队。"羽协严进严出，但因为热爱，所以一直在练习，想让自己进步"。正是如此，羽协才能扎实地、一步一个脚印地迈向他们心中的最高领奖台。

羁绊，我们永远在一起

"小孩"是羽协内部对新成员的称呼，在羽协这样一个大家庭里，关心和温暖从未缺席。周广成认为，"一个运动队不需要有师兄师姐这个理念，只需要有队长和队员这个理念"。社会学院 20 级的黎少鹏是上学期加入的新生，羽协在他心中"不仅仅只是一群热爱羽毛球的人在每周固定时间来这里打球，它也像一个大家庭，大家不仅在球技上互相帮助，对生活方面也会有很多关照"。法治信息管理学院 19 级的顾湘是现任经理，在举办法大羽毛球院队联赛时，有很多工作需要在短时间内高效完成，当时她与会长有点力不从心，但后来羽协的其他队员都积极帮他们分担工作，最终高效完成。作为一群由非专业羽毛球爱好者组成的队伍，羽协在与专业队伍的对抗中取得了相当不错的成绩。在训练中、在赛场上，他们如同一家人，紧紧凝聚在一起，彼此支持鼓励，催生出不断奋进的动力。

球队永远会有因为毕业、考研等原因离开的人，但对于下一届的队员来说，这些曾经的老队员是球队的"启明星"。"竞技体育就是会一直有新人冒出来，但老的人也从未被遗忘。我们羽协也会将一届一届的精彩传承下去。老队员打到现在这样的成绩，我希望小孩们会想起师兄师姐当年已经打到这个水平了，我们怎么可以把分数掉下去。"正是责任感的传承，才能让羽协凝聚一心，一直走在进步的路上。

从"热爱羽毛球"，到"羽协像家"，他们互相信任，彼此陪伴，形成了牢不可破的情感联结；他们拼尽全力，不留遗憾，只为给大家庭增一分光彩。因热爱而坚持，因联结而团结，羽协，一直是他们心中充满欢乐、抒发理想的家园。

【CUPL正能量第241期】杨平："法马"双冠王

文丨团宣通讯社　路梓暄

引言：某个盛夏的清晨，湘鄂边界的大桥上出现了一个小小的身影。他的速度并不是很快，甚至有些疲惫，但是步伐却始终坚定，仿佛有什么东西在吸引他前进，他便是刚刚结束高考的杨平。从不知道为什么而跑到找到奔跑的意义，杨平始终坚持自我，不断超越自我，奔跑在属于他的人生道路上。

人物简介：杨平，中国政法大学政治与公共管理学院2017级本科生。曾任政管院田径队、羽毛球队队长，校羽毛球队主力。带领政管田径队在17、18年冬季"一二·九"长跑比赛中蝉联两届冠军，19年拿下亚军；两次带领院羽毛球队夺得法大羽毛球联赛季军；多次在首都高校羽毛球赛、各项昌平羽毛球赛中取得优异成绩；曾获中国政法大学66周年校庆长跑冠军，首届法大人马拉松男子冠军，69周年校庆长跑冠军。

奔跑的少年

高考后，杨平看到了家乡与外面的世界的种种不同，因此他没有像其他同学一样去毕业旅行或好好放松，而是迫切地想让自己拥有面对未知世界的底气。在看到某篇关于跑步的散文中"逐渐超越，达到更高"

的句子后，杨平找到了自己的方向，他选择了奔跑。那时懵懂的少年不知道奔跑究竟能带给自己什么，只是觉得"有一件能够可以坚持的事，是一件很了不起的事情"。杨平的家乡在湖南湘西，与湖北恩施隔着一座桥。一开始，他并没有想过穿越那座桥来到湖北，只是沿着湘鄂大道跑到桥上。但是随着跑步的日子一天天过去，杨平开始想着每天多跑一点点。"今天跑桥头，明天就跑桥尾，然后再跑到桥那边的小商铺。"这样坚持下去后，杨平发现，原来桥那边的风景也很不错。

　　一个人奔跑的时候，杨平会选择听歌，后来他开始慢慢地摘掉耳机，只是带着一个小表记录时间。"跑步的时候，什么都会想。"杨平首先开始思考的就是坚持下来究竟是为了什么，在他跑步时，身边的朋友们或在睡觉，或在聚餐，而他却选择了一件相对来说更加困难的事。当时的杨平并未得出一个很明确的答案，"只能说是为了自己那一份比较奇怪的偏执吧，我想坚持做一件事情，哪怕当时并没有意义。但是只要一直跑下去，总会有收获。"第一次跨越省边界时，杨平在中途便感到体力严重不足，想要放弃，但是当路边行走的行人一个个从他身边经过，杨平的心中突然出现一个念头："为什么我不能超过他们？"于是，就这样一个一个地超越，这个十八岁的少年成功跑完了全程。

团队，最好的动力

或许是因为高考假期后的训练使杨平的身体素质得以提高，杨平大一入学后就被拉去参加运动会的各项活动，也拿到了很好的名次。"运动这个东西，是一个只要你付出了一定的努力，它就会给你一定的回报，会给你一种成就感，因此你渐渐地就会喜欢上它。"但其实对于杨平来说，荣誉不是他能够坚持跑步如此之久的原因，三年"法马"让杨平更加清楚地意识到，团队才是他一直跑下去的最大动力。

杨平在法大参加的第一次长跑是 2017 年举办的"厉害了，我的国"长跑活动，当时的他只是想向自己证明"我能跑"。在取得满意的成绩后，杨平参加了 2018 年 66 周年校庆长跑。"没人会记住第二名"，那时的杨平只想拿第一名，也确实拿到了第一。同年，也获得了首届法大人马拉松的冠军。但是 2019 年第二次参加法大人马拉松时，与第一次参赛时的亢奋不同，杨平开始感到心理上的疲惫。跑到第 4 圈时，杨平因未做好拉伸以及休息不足等原因导致小腿突然抽筋，并且由于人流量很大眼镜也被挤掉不知所踪，"屋漏偏逢连夜雨"，杨平突然觉得"这一次，要不算了吧"。长跑结束后，杨平一个人在赛道上走了很久，突然觉得自己好像失去了大一时坚持的感觉，每次遇到困难时总会告诉自己一句："要不算了吧。"

今年是第三次参加校庆长跑，这一次毕业长跑杨平邀请了身边的所

有同学，想为毕业季留下纪念。也正是这次经历，杨平找回了从前的状态，再次夺冠。"和大家一起跑的时候，我会从之前那种要不算了的心态中恢复过来，因为大家会给你力量。"杨平的舍友并不喜欢跑步，虽然每次杨平跑步时总会被他们调侃，但是杨平的每一场比赛他们都会准时来看，为杨平加油打气。"有人鼓励支持你，对你寄予期待，会给你动力。"如果再有一次机会，杨平最想做的事就是和自己的朋友们一起慢慢跑一次，无关荣誉，无关责任，只是为了彼此。

努力，就是最终的答案

"你见过凌晨 4 点的洛杉矶吗？"这是杨平高中时很流行的一句话。从离一本线尚且遥远到考入法大，杨平比大多数人更了解努力的意义。"我这样做，应该算是努力了。"如果没有年少时的坚持，杨平不会拥有现在的身体素质，也不会有之后的很多经历。

大学四年，杨平终于找到了属于他的答案。于他而言，重要的不是

结果，而是努力地去做自己想做的事。曾经的他不明白为什么有人可以将跑步作为一生的爱好，现在却有了体会。跑步改变的并不只是一个人的身体素质，还有价值观。"坚持跑步嘛，会让一个人每天都经历一段很长时间的枯燥乏味的过程，你知道这个过程会很难，但是你还会继续去做，这种心态会逐渐影响你，是一种努力的正能量。"

　　奔跑的过程，看似是运动能力的进步，其实更是伴随着内心自信的成长。从一开始的三五圈，从吃力慢慢觉得轻松再到浑身畅快，一段时间后再加几圈，变得更自信，于是激起自己想挑战下个目标的欲望。于杨平而言，奔跑是对生命力的致敬，告诉他要朝着更高、更好的目标看齐，一直奔跑本身就是一种精神。

　　"奔跑的时候，你会发现身边的风景很美。从遇到的人、事到天边出现的朝霞，都是跑步带给你的独特收获。"从那个湘鄂边界懵懂的少年到法大跑道上的长跑冠军，坚持跑步已经成为杨平生命中不可分割的一部分。在奔跑中，杨平找到了一生的热爱，收获了友谊，也遇见了那个更好的自己。

【CUPL 正能量第 242 期】法学院 2016 级
实验 2 班党支部：伟大征程，永跟党走

文丨团宣通讯社　杨　豫　郎　朗

　　引言："我们永远跟着你走，人类一定解放！"激昂的歌声飘扬在鸟巢上空，铿锵的鼓点奏响了庆祝中国共产党成立 100 周年文艺演出的序章。华灯如礼，国泰民安，在这个庆祝党的百年华诞的不凡夜晚，有一群人身着各色服装，站在合唱队伍里或是志愿者队伍中，从不同角度见证了大型情景史诗《伟大征程》的演出盛典，他们都来自一个共同的地方——法学院 2016 级实验 2 班党支部。

人物介绍：法学院 2016 级实验 2 班党支部，成立于 2021 年 3 月 27 日，由法学院 2016 级实验班 2 班 15 名正式党员和 22 名预备党员组成。党支部成立过程中，成员们开展了丰富的党史学习和精神交流活动，如参观抗日纪念馆和卢沟桥、陈望道故居和北京香山革命纪念地等红色足迹，疫情期间的"宅"家大学习活动，以及"我和红歌的故事"19 期党史学习与经验分享推送等。在 2021 年建党 100 周年系列庆祝活动中，法学院 2016 级实验 2 班党支部整建制、全过程地参与了庆祝中国共产党成立 100 周年文艺演出的盛典中，更加深刻地领会了中国特色社会主义的优越性。

2021 年 4 月，一个消息投入正式成立不久的法学院 2016 级实验 2 班党支部，激起了大家心中的层层涟漪。

"当时我们的辅导员杨婷婷老师并没有具体告诉我们是什么工作，但是一想到与建党百年相关，我们就感到无比光荣。"直到 6 月初，龚超宇才知道自己将会在鸟巢负责大型情景史诗《伟大征程》演出的观众检票与引导服务。从 6 月 19 日法大志愿者团队第一次来到鸟巢了解服务场地，直到 6 月 28 日演出当天，志愿者们反复练习着检票工作、模拟着指引观众的路线，与内场区指引志愿者对接配合。庞大而震撼的现场规模，忙碌却有序的组织调度，热情也坚韧的服务付出，一次次刷新着大家对国家大型活动联动机制的赞叹，也在潜移默化中深化了大家对党的认同与崇敬。6 月 25 日晚，演出中下起了大雨，当志愿者们忙着把各种必要物资收起避雨时，龚超宇突然瞥见了雨中的一面党旗，他下意识地将党旗取下护在怀里，直到走进屋檐底下。"真的当时没有多想，就是不自觉地想要去保护党旗不被大雨打湿。"鲜红的党旗，在法大志愿者的心中愈发坚定地屹立飘扬。

　　在 6 月 25 日晚的大雨中，除了护住党旗的龚超宇，法学院 2016 级实验 2 班党支部还有另一群人，用歌声展示着无惧风雨艰辛的党员信仰与青年力量。"当时是我们的第六次全要素彩排，突然下起了大雨"，今年刚刚成为预备党员的黄思媛也是法大合唱团的一员，提起那个夜晚，她依然心潮腾涌，"导演让大家先休息十五分钟，但是在风雨里，观众席里的官兵突然开始拉歌，合唱团的成员们也随声而动，最后变成了《歌唱祖国》的大合唱。"雨水让巨幅党旗因为沾湿而更加厚重，但擎旗者依旧有力地挥动着，灯光在雨水满布的旗面粼粼闪光。狂风推动雨幕淋入檐下，却丝毫不能改变演员们整齐的步调、统一的舞姿，高亢的歌声在闪烁着金属光泽的鸟巢上空久久回响。

　　"风雨中的高歌，让我仿佛看到了革命先烈们的身影，在那样风雨飘摇的年代，是他们将党旗高高举起，那是坚信我党必将成长起来的光辉，是中华民族抗战必将胜利的光辉，是所有怀着必胜信念的先烈们流淌的滚滚热血！"雨水在旗面上折射的光线照亮刘保江的视线，挥舞的党旗在他心中留下了一片红色的光。

　　合唱团铿锵高亢的歌声，源自于坚持不懈的训练打磨。此次文艺演出时间紧、任务重。6 月 2 日，导演组来到法大进行第一次成果验收时，又对法大鸟巢合唱团最初的学习进度和排练效果提出了更高的要求。为了能增进歌曲、动作的熟练程度，提高整体表现力，学校分别在 6 月 7 日和 6 月 9 日根据导演组要求组织了两次加练，而法学院院内也在这三天进行了三场加练。经过老师在声乐和动作上的耐心指导，以及合唱团反复的练习磨合，再加上李秀云副校长的动员慰问，合唱团从精神风貌到表演表达水平都更进一步。6 月 10 日的第二次成果验收时，导演组对我校合唱团表示了高度的赞扬——整齐的服装，高昂的情绪，激扬的歌声回荡在整个彩排大厅。我校合唱队排练水平直接从第二梯队晋升到第一梯队前列，张扬着法大青年克服困难的无畏精神与激情澎湃的青春风采。

　　为了能呈现大型情景史诗《伟大征程》的最佳演出效果，原定于 6 月 29 日晚开展的演出结合天气因素提前至 6 月 28 日晚。6 月 27 日中午 11 时许，合唱团成员们接到了下午 2 点紧急集合彩排的临时通知。"当时原本是排练间隙的休息时间，但是一接到通知，大家就从学校各个角落迅速集合起来了。"志愿者吴琼回忆起当天下午 3 点，在校党委的统筹下，各部门高效完成最后一次核酸检测，并于当晚协调好同学们的期末考试时间。"在党的百年华诞重大活动的筹备中，整个北京城都处于高速运作的状态，从交通路线规划，到观众集结的统筹安排，再到场内人员的物资配给，甚至气象的监测预警，所有的工作都在紧张有序地进行，这更加让我们感受到了中国特色社会主义制度下，治理能力和治理体系的现代化，是如此高效和有力！"

7月1日上午8时，唐文波站在天安门广场观礼队伍中，仰望人民英雄纪念碑，仿佛听见自己的心跳随着军乐团的鼓点有力地跳动着。"最开始接到学校教务处的通知说的是，作为7月1日在天安门举办的建党100周年庆祝大会活动观礼人员的备选人员，一方面为自己可以参与到这样一个盛大且意义重大的活动中感到激动，另一方面也有没被选上的担忧。"即便如此，面对党的百年华诞，唐文波完全没有降低自己的积极性，在现场全要素彩排时，他虽然并没有参与演出或志愿者队伍，但是作为后勤人员，在搬运物资、分发道具的工作里，处处看得见唐文波的身影。"就算已经退役，我也要求自己做到听党指挥，能打胜仗，作风优良。我们在今后的工作生活中，要做一个不忘初心的共产党员，不论担任什么职务，都要发挥自己的优良作风，做好一个共产党员的表率。"

"党的历史实际上是人民的历史，如果没有人民的支持作为基础，党也不会有今天的璀璨成就。所以无论我们无论处于什么样的职业，都不能忘记为人民服务的初心。"田森鑫回望庆祝中国共产党成立100周年文艺演出，语气坚定而激昂。百年征程波澜壮阔，百年初心历久弥坚。当青春有了信仰的骨骼，当激情有了党的指引，就会塑造出法学院2016级实验2班党支部的党员们不畏风雨之洗礼，更无惧时空挑战的精神，站在两个一百年的历史交汇点上，他们用热情歌颂先烈，为中国共产党献礼，也用目光眺望着走向繁荣与复兴的新时代的伟大征程，坚毅不改：我们永远跟党走！

【CUPL 正能量第 243 期】罗帅：开拓"心"世界

文 | 团宣采编部　杨　豫

引言："每个孩子都是一朵花，可能花期不同，形状也不一样，但每颗心的绽放，都值得我们漫长的灌溉和期待。"基于经验展开摸索，结合专业设计方案，经历磨砺成就产品，罗帅始终秉承着"让教育从心出发"的理念，立志让"心语助航"成为改变当下的教育品牌。

人物简介：罗帅，中国政法大学心理 1601 班班长，心语助航教育科技有限公司创始人兼执行董事，国家三级心理咨询师，国际注册心理

咨询师，研究生毕业于中国科学院大学。在校期间，他获得中国政法大学创业团队和优秀个人等多项奖学金；获得校级优秀毕业生等荣誉。2019年6月，其论文《高中学困生学业压力、自我污名与焦虑水平的预测关系研究》获得"挑战杯"首都大学生课外学术科技作品竞赛一等奖、全国三等奖；心语助航心理教育科技有限公司项目，2020年10月获得"挑战杯"大学生创业计划竞赛北京市金奖、国家级铜奖；2021年1月，获评全国大学生创新创业优秀实践案例。

将心比心，萌生创业之念

2016年，罗帅走进了中国政法大学心理学的课堂，关于青年心理层层深入的剖析，让他想起了自己经历过叛逆与转变的青春。

小学时期的罗帅，并不是一个传统定义里的"好孩子"——"你能想到的问题我可能都犯过"。于是比起大部分青春期的孩子，罗帅的父母和老师也花费了更多的时间陪伴他成长，通过对他更深入的了解、引导和鼓励，逐渐将他内心的焦虑彷徨冲刷褪尽。"每个人都有个性，在和社会规范进行对比时也经常会出现一些小问题，如果没有得到及时解决，就可能会衍生出更多、更严重的行为偏差和情绪失衡。"而在这个漫长的陪伴过程中，是什么让他得以改变？什么又是更好的教育和引导方式？罗帅怀着感激和探究之心，将这样的问题放入脑海。

随着心理学的学习，罗帅发现了许多关于认知与行为偏差的干预矫治的丰富理论和成功案例，这让他开始探索应该如何把心理学方法融入日常教学中的方法。

初心如磐，穿越一路风雨

初心已定，罗帅开始权衡社会需求与自身能力，并基于此建立了初

步的创业方向和思路。2016 年 9 月，心语助航教育科技有限公司正式成立，他的教育创新之梦也正式起航。

"公司发展最根本的是人，我们需要团队一起制定计划，最终的目标也需要团队来实现。"罗帅真诚地邀请了许多包括法大学子在内的优秀大学生参与初创团队，在大家的共同努力下，公司建立了不错的口碑。法大校园里从来不缺少关心社会议题、愿意为理想而奋力拼搏的有志少年，许多人主动找到罗帅，申请加入心语助航团队。他充满了感激，也更加认识到只有树立好一个旗帜，制定好了明确的目标，才能让团队有前行的方向，全力远航。

刚上大一，罗帅的创业仍处于一个摸着石头过河的阶段。"犯了很多错误，走过很多弯路，但也让我们的创业变得更加具体和可实现了。"公司的起步初期，团队预想的"心理学结合教育"的特色并没能完全落实，品控方面也缺乏经验。在前三个季度业务量急速增长之下，产品质量问题变得更加严重。2018 年第二季度，业务量首次急剧下滑，负面反馈也纷至沓来。"可能只有在竞争中得到生存的模式，才是新时代教育前进的方向。"他带领团队更加细致严格地调整教育产品的设计，提升产品质量；同时，在人员面试录用、培训和后期的运营上，也采取了更加规范化的制度。经过总结和全面创新，心语助航重新出发，到 2019 年，公司年收入已达到 200 万元。

不愧于心，理想照进现实

心语助航教育有限公司迎来五周岁生日之际，罗帅对它的未来也有着更加清晰的规划。"之前总想做一个能震撼世界的公司，但到今天，我们更想要的是一个对时代教育切实有所改变的品牌。"

如今的心语助航已经更进一步地把心理学方法融入了教育实践和素质拓展中：通过心理测评和投射分析，建立每个孩子的"心理档案"，将不同性格、成绩的学生分入小班，因材施教；结合记忆与认知规律，制定更高效的学习计划；对网瘾等突出问题进行针对性干预和矫治；通过职业规划测评与咨询帮助学生建立未来目标等。五年以来，心语助航团队也不断发展壮大，从一个由一群充满激情的法大青年组成的团体，走到了今天有着 7 名全职留任管理者、21 名合伙人、400 名工作人员，包含中国政法大学、北京大学、复旦大学、中国科学院大学等高校，涉及心理学、法学、计算机等专业优秀人才的综合性团队，坚持通过心理学方法探索和实践时代教育的新方案，形成了"心时代、心科技、心教育"的发展理念。教育是等待花期漫长而持续的过程，罗帅对待他的创业也有着长远的期许。"只有课外辅导、教学辅助是不够的，希望能把我们的理念变成一种体系，建成一个全日制的学校，可能这些想法才能都落实。"

"其实创业对于我个人来讲，更多的像是一种希望，一种理想照进现实的可能性。"罗帅用"心语助航"一点一滴地改变着当下的教育模式，而创业本身也在从"心"的角度改变着他。"当生活如茫茫大海，四面八方皆是选择、却都不知是不是出路之时，我选择相信光，相信心中的那个世界一定有实现的那一天。"

【CUPL 正能量第 244 期】
刘馨岳：做一个"柔软"的奉献者

文丨团宣采编部　赵春铭

引言："他们对这个世界充满了善意，我真心地希望这个世界能把同样的、甚至更多的善意回馈给他们，也希望他们以后遇到的人能和我们一样，尽力给他们最大的善意。"因爱心而动，为善意而行，刘馨岳坚持为他人提供最体贴、最人性的志愿服务，践行与传递着"柔软"的志愿精神。

人物简介：刘馨岳，中国政法大学政治与公共管理学院 2018 级本科生，曾参与中国政法大学 67 周年校庆长跑志愿活动，2018 年~2019年学年度第一学期"雨竹学堂"常规支教活动，"小桔灯"听障儿童一

对一支教活动，暑期贵州远程支教活动以及庆祝中国共产党成立 100 周年文艺演出志愿活动等，累计志愿服务时长达 313 个小时。曾获 2019 年～2020 年学年度"砺德奖——致公奖学金"，获国庆 70 周年服务保障先进个人，2018 年～2019 年学年度校级优秀志愿者，2018 年～2019 年、2019 年～2020 年学年度"一米阳光"公益团队优秀志愿者等称号。

初入志愿，感动于柔软善意

大学生活伊始，怀揣着一颗奉献他人的爱心，刘馨岳加入了"一米阳光"公益团队。2018 年 10 月，刘馨岳踏出了志愿的第一步：前往雨竹学堂支教。那是"一米阳光"公益团队的一项常规支教活动，也是她进入大学以来的第一次志愿活动。刚刚进门时，心底油然升起的紧张感和对支教的期待交织在一起，一时间让她不知所措。但是，"当一个个可爱的小朋友围上来的时候，一双双那么纯洁天真的眼睛望着我，叫着'姐姐好'，我心里的紧张感好像一下子就消失了，到现在回想起来，都会让我觉得很心动。"

刘馨岳在为这些孩子带来知识与见闻的同时，也感受到了数不清的温暖与感动：在"小桔灯"听障儿童帮扶活动中，一个牙牙学语、蹒跚学步的小朋友用最纯粹的方式——一个轻轻的吻，向刘馨岳表达了自己对她的喜欢；在贵州支教时，一个孩子用小小的双臂，捧来自己最爱的李子，低着头羞涩地说："姐姐，我在路上忍不住偷偷吃了两颗，剩下的都送给你！"嘴中的李子很酸，刘馨岳的心却很甜。这些小朋友深深地触动了刘馨岳的心："他们是这个社会最柔软的部分，也是我心里最柔软的部分。"也正是这些孩子，让刘馨岳下定决心，做一个"柔软"的志愿者，做一个真正温润人心的、真正时时刻刻体贴关切他人的志愿者。

服务同学，秉一颗柔软初心

2021年4月，时值中国共产党成立一百周年的庆典前夕，刘馨岳接到了一份重要的志愿任务：担任"庆祝中国共产党成立100周年大会"活动的联络人之一。

然而，作为志愿者联络人，刘馨岳也遇到了不少困难，其中最大的难题就是时间安排。由于这次活动安排在期末月中，汇总参与者冲突的时间信息就成了这次活动最重要的工作之一。为了确保信息准确无误，在所有活动参与者填完一遍时间信息表之后，刘馨岳再一次收集了每个人的考试信息界面截图，并亲自将每个人的考试信息再核对一遍，"好像只有这样才能放心"。每个同学简简单单的一张截图，也许发出去只需要1分钟，但在刘馨岳这里，这些大小、种类、内容皆不相同的图片却需要她几个钟头的反复核验。活动当天，她始终在检票口为参加活动的同学们提供周到的服务，尽可能地满足不同人的需求，让每个同学都能感受到家一般的温暖。

功夫不负有心人，经过两个多月的努力，刘馨岳最终圆满地完成了任务，用她"柔软"的志愿精神为同学们服务。"我心目中的志愿者不仅仅应该用心做好每一个任务，更要从最细微处去体贴每一个人，让大家都感到舒适温暖，而不是程序般的冰冷坚硬。"这是"柔软"奉献的真正含义，是刘馨岳最简单却又最坚定的愿望，更是一路走来，她参与过的每一项志愿服务活动的真实写照。

身体力行，传递着柔软的光

每次参加完志愿活动，刘馨岳都会自己做一个总结，反思自己是否有做得不到位的地方，是否坚守住了志愿服务的初心，是否让服务的对象感受到温暖或者帮助。她曾经参加过的种种志愿活动，也教会了她怎

样去做好一个志愿者负责人："志愿服务团队是一个大家庭，每一个成员都是携手并肩的伙伴。作为负责人不仅要关注大家服务工作的质量，关心大家的身心状态，还要以身作则、率先奉献，引导更多的人参与到志愿服务活动中，这也是柔软的一种体现。"

"想要让志愿精神开枝散叶，首先就要让别人看到你有多用心、多重视志愿服务。"在不同类型的志愿活动中，刘馨岳认识了很多伙伴，同时她也用自己的实际行动不断地传承志愿服务的精神：在志愿活动中，她总是尽力而为，认真地对待每一次服务活动，对需要帮助的人永远柔软以待。

相应地，刘馨岳也收获了许许多多、点点滴滴的回应：她曾经支教过的小朋友偶尔打来的一通关于自己近况的电话；庆祝建党 100 周年活动之后，那些把自己的考试信息交由她核实的同学在微信上特地发来的一声声感谢；其他的志愿活动里，与她共同努力的伙伴的一次次鼓励。一件件温暖的小事里，柔软奉献的光芒不断传递。

　　从"雨竹学堂"的生涩紧张到庆祝建党 100 周年活动的心潮澎湃，刘馨岳已经走过三年志愿服务的光阴。"志愿服务是一条没有终点的道路，可能曲折，可能没有鲜花和掌声，但一定洒满阳光，充满希望，所以我们只需要向前走，继续向前走。"从一名志愿服务者，到活动联络人，再到志愿服务的组织负责人，她从未忘记自己"奉献社会"的初心，也会坚定地在志愿服务的道路上一直走下去，秉持一颗"柔软"之心，将志愿服务精神的内涵不断传递下去。

【CUPL 正能量第 245 期】
李睿凝：一封用行动写就的入党申请书

文丨团宣采编部　周睿伊

　　引言："我为什么想要成为一名党员？"李睿凝曾这样问自己。为了寻找答案，她一次次投身实践，思考"党员"之名的真正含义。同时，她也用自己的亲身行动，回应着建党百年华诞的号召，写就了一封饱含诚挚与热血的入党申请书。

　　人物简介：李睿凝，中国政法大学国际法学院 2019 级本科生，校艺术团民乐团团长，国际法学院 1904 班文艺委员、宣传委员，曾参与"百年辉煌·声入人心"音乐党课录制，并参与为英国班戈大学孔子学院录制民乐传统节目的任务。她曾作为校艺术团成员参与中央电视台"坚信爱会赢"抗疫特别节目、"全国大学生党史知识竞答大会"总决赛文艺节目表演等节目的录制。2021 年 4 月起，作为庆祝中国共产党成立 100 周年大会天安门广场学生方阵的负责人之一，她主动作为，积极参加前期训练，并勇于承担日常排练中同学们的后勤保障工作和沟通协调工作，获优秀特长生等荣誉。

心血倾注，歌声回荡天安门

　　2021 年 3 月初，作为艺术团一员的李睿凝，主动报名参与了建党

100 周年广场庆祝大会相关活动。这次百年一遇的宏大庆典，无疑是给了热爱唱歌表演的她一次十分难能可贵的机会。最早在学校，李睿凝需要和所有同学一起，回归到最基本的发声练习，对于声乐基础扎实的她而言，无疑是枯燥乏味的。而她仍欣然选择从零出发，扎扎实实地去完成练习。在排练之余，李睿凝也反复地按照指挥部的要求，调整唱法、动作，力求展现最完美的状态。6 月末，她随大家两次前往天安门广场进行最后的全要素演练，熟悉表演的整体路线和流程等。在这个从无到有的学习过程中，李睿凝付出了大量的时间与心血。"能让全国观众在电视机前为盛大的场景与洪亮的歌声所震撼，能为党的百年盛典贡献自己的一分力量"，李睿凝认为这一切的付出都是值得的。

在整个排演期间，李睿凝也面临着很大的困难。在法大的广场合唱团队伍中，大部分同学之前并没有接触过合唱，基础参差不齐，表演队伍也因此在五校分排环节中承受了巨大的压力。每次从北交大回来，作为负责人之一的李睿凝与她的团队都会针对指导老师最新指出的问题进行加练，一个一个音符的细抠、一个一个瑕疵去解决、一个一个难关去克服。在三个月不懈的努力下，法大合唱团整体的音准与整齐度有了极大的提升。在排练的同时，李睿凝也面临着学业上的压力，"那段时间排练的耗时很长，并且每次外出路途遥远需要四小时车程，期间还不允许带电子设备，并没有适合学习的条件"，她只能抓紧一切空余时间去学习，最大化地利用在校时间，努力平衡好学业与排练。她也曾感到肩上的担子很沉，任务重压力大，时间完全不够用，但她从未想过放弃。她认为既然选择了这条路，纵然关山阻隔，也应在所不惜。"不怕吃苦，甘于奉献"，这是她写进入党申请书的铮铮誓言，也是她在排练期间的切身体悟。

追光逐梦，七一火炬燃热血

2021 年 7 月 1 日，成为李睿凝青春中最难忘的日子。看着凌晨的长安街、高悬夜空的月亮、来来往往的人群，红旗招展、灯火辉煌，肃穆而庄严，神圣的使命感涌动在李睿凝心中。站在国旗旁，李睿凝觉得自己正紧紧贴着祖国母亲的心房，只愿以最饱满的热情演唱好这七首歌，去抒发她深切的、浓厚的对党和祖国的歌颂。她说："这是一种令人激动的感受，让我对于党、对于社会、对于国家有了更加充沛的信心和更加坚定的向往，让我更想在这个时代发光发热，贡献出自己的一份力量。"正因如此，李睿凝在庆祝中国共产党成立 100 周年庆典合唱活动后便有了申请入党的想法。"庆典举办的意义不仅仅在于庆祝，而在于它传递出的坚定的力量与不灭的信念"，李睿凝深刻地认识到，党的荣光是百年来无数共产党人为之付出的每一分热血，是百年来未曾停下的脚步。通过这次活动，她看清了那道光——党员，是一份坚定的信仰，更是一份绵绵不绝的力量，她决心将加入中国共产党作为终身的选择。

践行于己，甘之如饴勇担当

庆祝中国共产党成立 100 周年活动之前，李睿凝一直认为自己只是一名普通的大学生，对于自我以及对于党的认识都不够深刻。通过一次次参与关于党的活动，见证过盛大壮观的庆典，李睿凝明白，自己无时无刻不在党温暖的光辉下成长。在"没有共产党，就没有新中国"的歌声中，她真切地领略到党的百年事业是如此的伟大且壮丽。个人虽然是渺小的、平凡的，但如果能融入关乎民族的宏大事业之中，那么自己也就能成为民族长河中一粒永不干涸的水滴。

想要成为一名优秀的大学生党员，李睿凝也对自己提出了更高的要求，"大学生党员首先要做好自己的本职工作，同时努力做到品学兼优，发挥模范带头作用"。她也希望将自己所擅长的与党的建设相结合，以法学生的身份，学好法律、用好法律，将对法治社会的追求落实到自己的生活行动当中去，用自己的行动影响身边人，以青春引航新时代。

青葱韶华，李睿凝与党的荣光邂逅，选择成为党的一员，将自己的热血汇入党的百年征程中。天安门下的七首赞歌，是她对我党发自内心的歌颂；一次次不畏艰难，是她用行动写就的入党申请书。未来的日子，她将继续践行"追随光、靠近光、成为光、发散光"的学生党员精神，将青年的价值和更高的集体价值和国家价值联系在一起，将自己有限的生命奉献到无限的为人民服务中去。

【CUPL 正能量第 246 期】
2021 年迎新志愿者：薪火相传"接新人"

文丨团宣采编部 赵春铭 董奕航 杨 淳 杨 豫

引言： 微风吹动帐篷的红色飘带，清晨的阳光铺满宪法大道。一个个迎新展台沿着宪法大道排开，志愿者们早已在各自的岗位上准备就绪。

出于疫情防控需求，中国政法大学 2021 级本科新生需要独立进入校园完成报到。当志愿者们接过行李，2021 级的同学们也踏上了"大学第一程"。在这段崭新的路程里，或许新生们没有家人的陪伴，但能得到志愿者们的指引；也许新生们离开了熟悉的环境，但从机场、火车站到进入法大校园，在志愿者一路热情帮助和细致关怀下，他们走进法大这个温暖的家。

人物简介： 中国政法大学 2021 年迎新志愿者，由中国政法大学在校本科生组成。迎新志愿者们提前返校，开展迎新工作，主要负责接机接站、展台报到登记、帮助新生搬运行李、引导新生完成入学流程等。在为期两天的迎新工作中，志愿者们各司其职，给独自报到的师弟师妹们以家人般的关怀与帮助，尽显法大人友爱互助的良好校风。

传承接站的安全感

8 月 28 日早上 7 时 30 分许，10 名来自中国政法大学的新生接站志愿者分别在北京西站 4 个接站口和集合"大本营"举起"来啦，法大人！"的指引牌，等待着 2021 级法大新生的到来。从上午第一班载着新生的火车到站，到第四班接新班车发回昌平校区，志愿者们顺利将一百多名新生送上校车。

民商经济法学院 2006 班的方墨一是这 10 名接站志愿者的联络负责人，主要参与了核查新生核酸检测阴性证明、引导新生坐上校车以及协调各岗位志愿者服务等工作。"上岗前还有点紧张，担心到站新生太多、现场人手不足之类的协调问题，幸好正式运行起来之后还是非常顺利的。"方墨一模仿着去年迎接自己的师兄师姐，细致热情地对待每一位到站的新生，尽力保障他们安全、安心地来到学校。

"师弟师妹们似乎都还有些腼腆，大部分人都一直说着'谢谢师兄'之类的。"但方墨一知道，每一颗满怀憧憬、又饱含不安的心，都需要最真诚、最善意的对待。当一位腿上有伤的师妹走下火车，方墨一帮助她拎行李，一路护送到接站车辆；对一位需要独自乘车回校进行当天核酸检测的师弟，方墨一又一路将他送到了网约车上车点，叮嘱他路上注意安全。在送一批新生去停车场坐校车时，寒凉的秋雨意外降临，但由于校车延误会影响整体的接站进程，方墨一还是将大家带到了车上。上车后，他为师弟师妹们都淋了雨而感到十分抱歉，却也顾不上借一把伞，就又转身穿过雨幕，回到急需人手的接站岗位上去迎接下一批新生……大半天的接站志愿服务下来，方墨一把一批又一批新生送上校车，大学一年的收获仿佛也逐渐清晰起来。"这一年的法大生活，让'法大人'的名字刻进了我的人生烙印。无论新生们是坐火车、乘飞机，抑或是父母陪伴、独自来报到，我们希望通过来接站，让每一名'法大新人'在我们的陪伴下，以同样安全舒适的方式来到校园，开启他们的大学之旅。"

传承迎新的温暖

8 月 28 日、29 日两天早上 8 时到下午 6 时左右，宪法大道上一个个"小红屋"下，各学院迎新展台的志愿者们始终以饱满的热情，迎接着本学院的 2021 级新生。

大约一年前，18 岁的匡韵逸第一次走进法大的校园，迎接她的是师兄师姐们热情的笑容、无微不至的关心与帮助。如今，商学院经济2001 班的匡韵逸作为学院迎新志愿者，参与到了展台迎新志愿服务中，负责登记新生信息、查收新生录取通知书、收取核酸检测报告和发票等工作。简单流程的不断重复，并没有消磨她的耐心，反而让她对新生产生了更多的爱与热情。"看到师弟师妹们还略带羞涩的举动、初到校园时的小心翼翼，我一下子就想起了去年入学时的自己。"有时新生报到人数较多，匡韵逸也会从展台中出来，帮忙带着师弟师妹们搬运行李、参观校园。"有一次我们给师妹搬行李，一趟没搬完，这位师妹的室友就主动下来一起帮忙搬行李。虽然两个人刚刚认识，却很乐意互相帮助，这也许就是法大互助精神的'传染'现象吧，21级的师弟师妹都是好样的！"

"因为只能自己进来，一个人拎着行李特别狼狈的时候，门口有几位志愿者师兄师姐马上推着小推车接过了我的行李。"政治与公共管理学院2021级新生荆宗元对热情洋溢的志愿者们印象十分深刻。在门口帮助新生搬运行李的志愿者们并没有固定的迎新对象，累了就在路边直接坐下喘口气，太阳猛烈时，就稍微往屋檐下挪一点，一见到有新生提着大包小包的行李走进校门，就又快步迎上去，面带笑容打着招呼……二十多个身影，在校门与宿舍间，不知穿梭了多少遍，小推车拖动发出的"哐啷哐啷"声，长久地留在了荆宗元的心里。"法大比我想象中要更加的温馨、活泼，真的非常感谢师兄师姐们！"

看着新生们在校道上穿行，志愿者们会主动走上前关心他们、帮助他们，并积极给予他们学习和生活上的建议……也许这就是法大的爱和温暖，一代代传承到未来。

传承陪伴的热情

8 月 28 日、29 日迎新期间，各学院的校园引导志愿者穿着各色的志愿马甲，负责带领在展台完成登记的新生进行入学注册、宿舍入住和新生体检等其他入学项目。刑事司法学院 2006 班的浩树奇就是穿梭在校园的一员。一路上，他喜欢将路线两旁的法大特色建筑尽可能详细地介绍给新生，在完成引导工作的基础上，让新生进一步认识了法大。

"新生是怀着热烈的期待来到法大校园的，他们对法大的一切事物都有着最原始的好奇，而作为法大人，我们需要去呼应他们的探索欲，带他们真正地走进法大。"浩树奇为了能够为新生提供一份最生动的"法大报告"，从迎新前夜就开始琢磨引导路线和沿路的建筑。方正的端升楼，古朴的彭真像，坚实的拓荒牛，幽静的法大长廊，浩树奇将一个个法大地标娓娓道来。

校医院门前，新生也排起长队进行入学体检。迎新志愿者们身穿红

马甲，时刻戴紧口罩，维持着校医院门口查验健康码的秩序，指引新生进行各项目体检。小小的门口不断涌入新生，询问着相同的问题，反复出现同样的操作失误，但志愿者们依然耐心地回答着、引导着。"请出示北京健康宝"，于在校生而言是再熟悉不过的操作，但于新生而言却略显生疏。登录，注册，自查询……一步一步地指导，一次一次地重复，简单而坚定的陪伴，是为了新生的顺利入学，更是为了校园的健康平安。

举起接站牌子，迈入法大校园，把行李搬上小推车，路过宪法大道走向逸夫楼……这一幕幕，是那样的熟悉。仿佛，被接站的是自己；恍惚间，以为被引领的是自己。那年，师兄师姐带着自己融入法大；今年，他们成为曾经自己眼中的师兄师姐。迎新志愿者们用行动将心中的法大温情重现，用每一句问候来消除曾经自己的疑惑和不安，用每一个行动来传播法大人的温暖。

迎新工作即将落幕，温暖互助却永传承。是他们，用互助之行，为

2021 级新生开启了法大生活第一程；也是他们，将奉献之种，再一次播撒进法大人的心田。

【CUPL 正能量第 247 期】
践行服务初心，法大党员在行动

文丨团宣采编部　王轶尧　杨淳　董奕航　赵春铭

　　引言：1944 年 9 月 8 日，毛泽东主席在为战士张思德举行的追悼大会上，第一次从理论上深刻阐明了为人民服务的思想。这个演讲经整理后以《为人民服务》为题，发表在延安《解放日报》等报纸上。1953 年，文章被收入《毛泽东选集》第三卷。

　　70 多年前，共产党人以服务人民为己任，以身作则；70 多年来，一批又一批共产党员不忘初心、牢记使命；今天，法大学子们正通过实践活动，学习党的理论，以自身行动服务同学，服务校园，服务社会。

　　人物简介：夏浩然，民商经济法学院 2020 级本科生，入党积极分子，民商经济法学院 2020 级团总支书记。参与庆祝中国共产党成立 100 周年文艺演出《伟大征程》合唱表演。

　　王诗琦，国际法学院 2018 级本科生，预备党员，曾获校级优秀团干部荣誉称号。参与中国政法大学国际法学院党员代表大会筹备工作。

　　孙宏毅，中国政法大学第 22 届研究生支教团团长，曾前往山西、新疆等地开展支教活动。2021 年 7 月，参加我校暑期"先锋团校"党史学习教育活动。

守细致服务同学

2021 年 6 月 28 日晚，庆祝中国共产党成立 100 周年文艺演出《伟大征程》在国家体育场"鸟巢"举行。随着演出在欢呼中落幕，夏浩然在建党 100 周年庆祝活动中的服务画上了句号，但是两个月来，数百小时的集中训练，数十次分发物资、统计信息、核准点位的经历依旧历历在目。

2021 年 5 月 18 日，夏浩然报名成为中国政法大学建党 100 周年鸟巢合唱表演队伍中的一员，在得知需要一名学院负责人来对接相关工作的时候，作为团总支书记的他向老师毛遂自荐，最终成为民商经济法学院 26 人团队的负责人。"我们这些负责人，每天都在与时间赛跑。"汇演时间紧、任务重，为了呈现最令人满意的效果，参与的同学们要多次进行长时间排练。而作为负责人，夏浩然除了要参与每一次排练，还要在每一次排练中完成 26 人团队的签到登记、物资分发等工作。此外，由于每次排练都涉及人员位置的变动，因此在排练结束后，夏浩然还要留下来与其他学院的负责人一起核对各个合唱团队员的点位。为了保证排练顺利进行，夏浩然每次都比其他同学早来大半个小时做好准备。其时临近学期末，在复习课业和参与排练交织之下，仿佛真的只有不断奔跑，才能挤出更多时间。虽然常常感到疲惫，但夏浩然在团队服务中收获的更多的是满足感，而这份满足，让他对负责人的"奔跑"甘之如饴："26 份期望、26 份信任，是让我坚持下去的勇气，我一定要将这份工作进行到底。"夏浩然时常与同为负责人的其他同学相互鼓励，分享心情。其他负责人同学的细致与坚守，也不断影响着他，让他在负责人的工作中做得更细、更好。"总要有人去做这样一份工作，只要想到自己是在为同学们服务，就仿佛有一种力量在支撑着我前进，我想，也许这就是所谓的'使命感'吧。"

2021 年 6 月 28 日，夏浩然作为负责人的工作圆满完成，对他来说

这是一次长久难忘的成长历程，虽然有过辛苦和困难，但他更在乎的是付出之后同学们的信任与支持。曾经，夏浩然在入党申请书中写下过"为人民作出更多贡献"的宏大愿望；而如今，他对这句话有了更真切的体会，"服务他人，就应该先从身边的同学做起。"信念得以践行，是夏浩然最大的收获，也鼓舞着他继续走在为身边人服务的道路上。

用热忱，服务校园

2021 年 4 月，中国政法大学国际法学院党员代表大会正式启动，每五年召开一次的党代会，是党员代表行使提案和建议权利的重要途径，也是对党员代表主人翁地位的认可，对于保持党员代表的热情和责任心尤为重要。王诗琦作为预备党员，全程参与了这项工作。为了党员代表们能够顺利参会，王诗琦承担起了联系各党支部并确定党员代表推荐人选的工作。

筹备工作是繁琐而忙碌的。为了核对党员代表的信息，她在电脑前

常常一坐就是几小时；为尽快联系各党支部进行推荐人选的确认和调整，她有时需要在校园里来来回回跑好几趟。电脑桌面上密密麻麻的汇总材料，讲述着她背后付出的时间和心血。在各党支部确定党员代表最终人选后，王诗琦需要再一次将各位代表的个人信息汇总上报。数十个文档涌入她的电脑中，而为了保证党员代表信息严谨无误，她需要逐字逐句地对党员代表的信息进行审核、复查。"就是无数个这样简单的工作，确保了党员代表大会的顺利举行。"尽管过程漫长而繁复，但王诗琦从不马虎，"连一个标点符号都不能放过"，坚持对所有身份信息都进行严谨的校准后，才提交至上级部门。"当终于按下发送键的那一刹那，我感受到了前所未有的成就感。"

"能为党员大会尽己所能，是我的荣幸，我绝不能辜负老师的信任。"两个月来，虽然辛苦，但王诗琦甘之如饴。从党员代表身份信息的多次核对，到党代会会场的每一项物资的收置摆放，她认真做好眼前和手边的每一件事，为党员代表大会的召开做好前期服务工作，用热忱与信念践行着一名党员的初心。

以初心，服务社会

7月13日，孙宏毅作为先锋团校的一员，参与了先锋团校"吕梁行"党史学习教育活动。在"吕梁行"中，孙宏毅看到了基层治理的模式，切实了解到了基层工作的现状。

孙宏毅曾作为研究生支教团的代表参与过法大研支团在吕梁开展的支教活动。"初到吕梁，我看到了很多书本上没有出现过的问题，也认识到了更加真实的基层情况，十分希望能通过自己的知识和努力，提出更好的基层工作设想。"街坊邻里的矛盾、纠纷，在海量的案件中，不

算严重，也不算紧急，却和基层群众的日常生活息息相关。服务基层的初心，在孙宏毅的心中埋下了求知的种子。而在这一次，得知我校先锋团校将开展"吕梁行"党史学习教育活动，他马上报名参加，希望在这次党史之旅中，学习到更多解决基层服务问题的方法。

重游吕梁，孙宏毅观察到，基层社区服务中心设立了一个派出法庭，居民在社区中发生的矛盾和纠纷，足不出社区就可以在派出法庭得到解决。孙宏毅细致地做下记录，并反复进行思考。"像这样书本上并没有出现的新方式、新做法只有在基层工作不断积累经验、勇于创新，才能完成我们服务社区、便利人民的使命。在面对问题、思考、解决问题的过程中，我收获了成长，也更加相信自己有服务社会群众、建设美好未来的能力。"

在学习过程中，吕梁的基层公务员也给孙宏毅留下了深刻印象："他们对待工作是积极的，对待我们也是十分热情的。这种真诚不仅是他们对本职工作的热爱，更是对吕梁这座城市的期待。"基层工作是繁

重的、复杂的，但是仍然有许多年轻人投身祖国最需要的地方去感受、去奉献。服务基层的过程中，有成长，也有感动。"为人民服务"的愿望在孙宏毅心中悄悄埋下种子，他希望通过自己的学习与积累，未来能够在基层服务中贡献自己更大的力量。

当他们的歌声回荡在鸟巢上空，当他们的身影穿梭在校园之中，当他们的脚步一次次踏上那片热土，法大的学生党员们正在用实践重温信仰，用行动服务着身边的人。他们将青春服务于校园，奉献于社会；法大人的足迹，正遍布每一个细微处。法大党员的服务精神融汇成光，正点亮着校园的每一个角落。

【CUPL 正能量第 248 期】
刘淑环：从"拓荒牛"到"铺路石"

文丨团宣采编部　王轶尧

引言："法大人的气质，源自于勤学敬业的优良校风……还有同样出色、以身作则的中青年教师们。比如，任教 37 年，初心不改的刘淑环老师，从 2007 年至 2020 年，她共指导了 756 人参加大学生数学建模竞赛，其中 339 人次获得北京市和全国一、二等奖。"

——《做有气质的法大人：马怀德校长在 2021 级本科生开学典礼上的致辞》

人物简介：刘淑环，女，科学技术教学部教授。1987 年首都师范大学数学系毕业，到法大从事各专业数学类课程建设与教学工作。从教 37 年，先后获得中国政法大学优秀教师（2 次）、优秀教学奖（2 次）、师德先进个人（1 次）、本科生"学术十星"优秀指导教师（1 次）、优秀教学成果三等奖（3 次）；北京市数学建模优秀指导教师（2 次）、北京市数学建模优秀组织校（2 次）。2007 年至 2020 年，组织学生参加全国或北京大学生数学建模竞赛（后简称"国赛"），参加学生累计 756 人，获全国奖 48 人，北京市奖 291 人。2014 年至 2021 年组织学生参加美国大学生数学建模竞赛（后简称"美赛"），参加学生累计 747 人，获特等奖（F 奖）6 人，优异奖（M 奖）120 人，荣誉奖（H 奖）204

人。2014 年至 2020 年组织学生参加大学生数学竞赛，累计 12 人获全国奖，57 人获北京市奖。

法大数学"拓荒牛"

"我是 1987 年和 87 级学生一起来到法大昌平校区的。他们不是给学校送了一个'拓荒牛'吗？我觉得那也是我的一个标志。"22 岁的刘淑环最初来到法大时，身边没有前辈的指引，刘淑环只能向着空白的本科数学教育进发，开拓此后数十年的数学讲授之原野。

20 世纪 80 年代末，为了能提高数学在法大的教学效果和利用程度，实现文理融合渗透，刘淑环开始探寻数学思维在法律实践中的应用。拿着学校开具的介绍信，她直接去到最高人民法院等一线法律工作单位多次进行实地调研，同时又挤出休息时间来自学法律的相关课程。"当将数学和法律以及其他社会问题解决相联系的时候，我的研究思路一下子就打开了。"刘淑环一方面调整着自己教学的方式，在课堂上更多地运用具体的法律、生活事例向大家展示数学原理和运用；另一方面通过编写教案、增加课时安排和加强与学生们的沟通，不断优化自己，也优化着法大的本科数学教学体系。从《概率论与数理统计》，到《文科高等数学》，几乎所有的法大本科数学课程都为刘淑环首创。

　　2007 年，法大第一次组织学生参加北京市大学生数学建模竞赛。彼时，正处于"拓荒"阶段的法大，在硬件、软件等各方面配置上都尚待建设：电脑是刘淑环向朋友暂借来的，与数学建模相关的软件是她自行摸索着下载、运用的，数学学科的电子资料也需要她和队员们自行寻找资源、查阅……尽管困难重重，刘淑环还是下定决心："既然要做，就必须要让自己满意。"她主动放弃了无数个周末和寒暑假的休息时间，抱书苦读，四处"取经"，一边自学数学建模的相关技能，一边与学生分享经验、共同探索。有志者事竟成，最终，刘淑环带领同学们取得了北京市二等奖的优异成绩。此后，每年法大的数模竞赛，成为许多学子心向往之、并为之奋斗的旅程，而开拓了这段旅途的刘淑环，也依然坚守着"拓荒牛"的躬耕精神，一程又一程，带领着法大数模人不断前行。

志做"长流水"

刘淑环常说："要给学生一滴水，自己必须要长流水。"三秋耕耘，她不断践行着这一点，坚持在学习中提升自己，成为满腹经纶、倾尽点滴的"长流水"。

在教学过程中，刘淑环发现系统的数学课程对于大部分的法大学生而言过于困难，有许多人甚至面临挂科的风险。虽然许多学生兴趣不高，但刘淑环没有选择放弃，而是从各家教科书中寻源，从学生感兴趣的事例出发，把艰难晦涩的数学知识转变成大家都能听懂并接受的"点滴"："为什么无穷还能比较大小？比方说当我不断靠近一扇门的时候，我走过去和跑过去，是不是跑过去会更加快地接近它呢？"像这样的"妙语"出现多了，久而久之，"空中楼阁"的理论知识也"接了地气"，走进了学生可亲可感的日常生活中。刘淑环直言自己说话并不幽默，但为了达到教学效果，她可以不断改变自己的授课方式，数年如一日，为了三尺讲台奉献自己。

"学生在进步，我自己也在进步。"正是因为刘淑环始终以高标准要求自己，用持之以恒的学习不断充实自己，才让她成为学无止境、授人以渔的"长流水"。

甘当"铺路石"

"作为一名公共课老师，我其实很难在数学专业上带领大家做更深入的钻研，所以与其说是引路人，我更愿意把自己几十年来对数学的研究与沉淀与学生们分享，做他们的铺路石，和他们共同进步。"

经过刘淑环课堂讲授的潜移默化，许多同学对科研类竞赛产生了兴趣，而又在参与科研类竞赛的过程中喜欢上了数学，在后续的专业学习与科研中不断提高，最终有机会走进更高的学术殿堂深造。金融工程专业 2012 级学子贾衍宇就是在刘淑环的影响与指导下，在 2014 年凭借论文《二胎政策下我国中期人口数量与结构预测》获得第十二届"学术十星"称号。近日，在美国普林斯顿大学攻读物理博士的他给刘淑环发来问候的微信："老师，跟你分享个好消息呀，我作为共同一作的一篇 paper，前些日子发表在《Nature》上了。"看到这条消息，刘淑环仿佛看到了贾衍宇拿着刊物向她挥手，她的自豪感也瞬间填满了心房。

"老师教书图的是什么呢？我们的回报不就是学生的成长吗？"在刘淑环看来，能够真正走入学生心里起到育人之效的，往往是老师在日

260　"CUPL正能量"人物访谈活动报道合集（Ⅴ）

常教学中潜移默化的影响，这是一种属于老师和学生的默契，也是一种老师与学生的双向奔赴，更是教育的乐趣所在。

　　伟大出自平凡，平凡造就伟大。刘淑环数十年如一日地坚守在教学岗位，"拓荒"法大本科数学教育，"长流"教书育人之"活水"，甘做青年求学路上的"铺路石"，她坚持着"一分耕耘，一分收获"，也坚守着"传道授业解惑"的师者之本。在法大数学课堂之上，刘淑环将继续以自己的努力，为法大学子照亮一条数学为伴的奇妙旅程。

【CUPL 正能量第 249 期】于悦：跨界"愉悦"

文 | 团宣采编部　杨淳

引言："仍然倚在失眠夜/望天边星宿……"沉缓的歌声缓缓流淌，充满流行力量的鼓点和着婉转悠长的古典音符，交织成章。人群轻柔地为演唱者挥动着手机点亮的"灯海"，正深情演唱的于悦也将这个令人愉悦的景象收藏在心中久久。"不设限"，无论古典或是流行音乐，无关课堂或是校园活动，跨越学术或是言传身教，"不设限"，本身就能带来无限的精彩。

人物简介：于悦，心理学博士，中国政法大学社会学院心理系讲师，于 2021 年被评选为中国政法大学第九届"最受本科生欢迎的十位老师"之一。研究领域包括人格与社会心理学、管理心理学、健康心理学，开设课程有"社会心理学""越轨社会学""亲密关系心理学"等。其课堂生动诙谐、寓教于乐，深受法大学子喜爱。课堂之外，曾获第二十一届校园广播歌手大赛教工组优胜奖，参与无边界乐队等学生兴趣社团组织的活动。

精彩课堂，不限于书本

2019 年 9 月，于悦第一次踏上了法大的讲台。"社会心理学"是他开设的第一门课，在当时的选课系统上，任课教师那一栏写的并非他的名字，而是"社会"。于悦至今仍清晰地记得，那是开学第一周的周五下午，他推开明法 301 教室门，面对着教室里零星坐着的 15 名同学。他向同学们介绍了自己还未被录入教学系统的姓名，也留下了让彼此都印象深刻的一课。"我希望大家勇于做真实的自己，不必过分在意他人不相关的评价。"从"发色"的选择，到未来的计划，他们聊烦恼、谈论生活琐事与各样的想法；他们也谈理想，憧憬着美好的未来。在法大的第一堂课，于悦踏出书本上理论、案例的界限，走近了 15 名"课友"的身边。

2020 年 9 月，于悦开设的"越轨社会学"吸引了许多法大学生。"我希望这里不仅是课堂，也能成为同学们排解压力的'学习栖息地'。"他的课堂并不局限于教学内容，而更像是社会热点聊天室，在你来我往的交谈之中，于悦带领同学们一步步认识社会、感知自己。"在心理学课堂，更重要的是引导大家明白自己真正想要的是什么，而

在没有任何限制的时候，往往才更能激发出同学们的创造性。"于悦的课堂从不设限，而是常常鼓励着同学们走出舒适圈，去探索自己真正的目标与理想。

2021 年 9 月 10 日，在第九届"最受本科生欢迎的十位教师"颁奖典礼上，于悦登上了领奖台。在于悦"教书育人"的理想中，"育人"才是核心。能够获得学生们的肯定，带给了他莫大的成就感，也更激励他继续探寻书本与课堂之间的平衡。

音乐表达，不限于古今

"什么是越轨？越轨就是跨界，大胆尝试新的事物。"这是于悦对

"越轨社会学"这门课中"越轨"的解释。而他也用自己的实际行动，向同学们展示着这样一种不设限定、不设羁绊的处事方式的魅力。

初入法大的于悦，阴差阳错报名了第二十一届校园广播歌手大赛。以老师的身份站上歌手的舞台，他以富有磁性的歌声赢得了教工组优胜奖，也引起了同学们的注意。比赛结束后，"无边界古典与现代乐团"负责人佟泽鸿、周泽林找到于悦，表示了想要在 2019 年年底"欢乐法大"文艺汇演上的合作意愿。这是他和"无边界"的第一次合作，也是他开启法大校园生活"跨界"之路的第一步。2021 年 1 月，同学们终于能够再次开启正常的学生活动。于悦再次受到邀请，希望他能参与于 5 月举办的室外专场。于悦积极地与同学们商讨节目细节，从选歌到重新编曲，从音乐器材的选择到音符和声的融合，他们以平等的音乐伙伴互称，在"跨界"的道路上同行。终于，2021 年 5 月，他与乐团的同学在操场上展示了古典与现代的碰撞，诠释了他心目中"不设限"带来的精彩，也给同学们紧张的学习生活中添上了"愉悦"的音符。

"身教胜于言传。"这是于悦的教学理念，也是他的实际行动。他倡导平等交流，鼓励同学们在课堂上说出不同的观点，哪怕与他相悖；他鼓励展现自我，引导同学们在学习过程中发现自己的优点与不足。与同学们的接触，让于悦近距离感受青年学子的生活，"这让我的心态一直保持年轻"，这是学生与老师之间的友好互动，亦是当代新型教学模式下教学相长的体现。

融汇共进，不限于学科

专注于心理学研究十余年，来到法大的于悦萌生了学科融合的想法。他鼓励同学们追求丰富的生活方式，他也在追求着不一样的教学模

式，"'越轨社会学'也注重多学科的结合。"在法大的多元校园文化中，于悦敏锐地发现了学科结合的契机，并积极付诸行动。

　　2021 年 5 月 13 日，于悦应邀参与了第十八期"军都论道"讲座——以代孕的法律规制及伦理导向为主题，与张劲、刘智慧、郑玉双、王觅泉四位老师分别在宪法、民法、伦理学、哲学、法理学与心理学等多个角度对"代孕"进行法律剖析和道德考量。这是一次思想的碰撞，不同的导向与理念，让于悦对"不设限的学术"更加期待。"不设限，才有更多精彩。"在这里，有法律家长主义和法律道德主义的阐述，有法律与道德伦理的辨析，亦有基于宪法之上讨论的生育权……围绕人的讨论，让于悦多层次思考心理学的意义——研究人，也不只是研究人，人处于法律的秩序框架内，处于来往的人际关系中，也处于自我道德约束下。听听同行的声音，辨别不同的方向；思想碰撞出的精彩火花，更让于悦明白了跨学科的意义——它不仅在于拓宽科研的思维，更在于体会多种声音之间的思辨。"在不同的声音中，更容易找到毫不犹豫的心向往之。"大胆跨界，是突破自己的第一步，是对美好未来的追求。而于悦，与千百法大师生一样，同是追梦人。

从教学课堂到音乐领域，从心理学到多学科融合，"不设限"，需要付出更多勇气与汗水，同时也会激发更多精彩与可能。学术钻研中，不设学科限制，是对思想精彩的追逐；教书育人时，不设课堂与校园生活之限，是对教学相长之精彩的期待，亦是对诲人不倦之情怀的实践。正如"愉知识之学，悦成长之变"的颁奖词一般，"不设限，尽精彩"是于悦作为心理学学者的恒久追求，更是他作为法大青年教师的坚定信念。

【CUPL 正能量第 250 期】
国旗护卫队：胸怀军旅梦，国旗在心中

文 | 团宣采编部　王轶尧　董奕航

引言：清晨，在东方刚刚出现曙光的时候，国旗护卫队已在法渊阁前集合完毕。"请国旗护卫队出旗。"齐步走、立定、抛旗、升旗、敬礼、齐步走，一令、一动，每一个动作都被严谨地执行，整齐划一。从每周一次的升旗仪式，到烈士陵园祭扫仪式，国旗护卫队圆满完成着每一次任务，坚定不移守护着那面代表中国的旗帜。

人物简介：中国政法大学国旗护卫队隶属于校学生工作部（处）/ 武装部，主要职责是护卫国旗，承担重大节日及庆典活动的升旗仪式。校国旗护卫队秉承法大"厚德、明法、格物、致公"的校训，继承法大人"不怕困难，艰苦奋斗，拓荒前行"的精神，以爱校护旗为使命，以弘扬爱国主义精神为己任，是校园一道靓丽的风景线。

"英姿飒爽沐晨光　举手投足显锋芒"

周二，早上 6 点 20 分，当法大校园还沉浸在一片静谧中时，操场上已经响起有力的号令声——那是早已集合完毕的国旗护卫队，准时开启本周的训练。意气风发、步伐激昂，他们用手丈量国旗的长度，用心守护国旗的尊严。

"脚跟离地，身体前倾 15 度……"，在进入正式的训练前，要先站五分钟以上的军姿。"这是为了磨掉他们身上的锐气，让每一位队员都能平静下来，进入训练的状态"，队长柳栋介绍道。国旗护卫队实行半军事化管理，不仅训练的流程严格遵循军队操练标准，而且每一位队员都以军人的标准要求自己。齐步走、正步走、体能考核……一次训练下来，队员们依旧身姿挺拔，整齐一致，任凭汗水浸透衣襟。

在集体训练之外，各个队员还会依照自己的职责加训。为了把握好升旗仪式的每一步流程，确保仪式万无一失地进行，旗手杨志恒常常会和两位队友一起，在国旗台附近把整个流程演练数遍。从升旗的时间，到每个人的站位，升旗仪式的全部流程必须倒背如流。"最开始的时候不太适应，出了很多差错，但最后看到国旗成功升上去的时候，我心里非常高兴"，杨志恒如是说。

7 点 30 分许，晨训结束。队员们有的三两成群，一起去食堂吃早饭；有的留在操场，对不满意的动作进行加训；还有的和队长谈心，交流自己的不足之处。清晨的阳光温柔地洒在每个人的脸上，也把他们的热忱投射在法大的晨光中。

"在改革中前行　在前行中成长"

2019 年，最后一届国防生面临毕业，国旗护卫队该怎样延续成为当务之急。武装部的老师找到了退伍大学生赵涛，希望由在校的非国防生同学组建国旗护卫队，完成相关职能。临时接到任务的赵涛立即接过担子，与同宿舍的退伍大学生一起组建了第九届也是法大第一届由非国防生组成的国旗护卫队。

在近两年的磨合与尝试中，国旗护卫队也推出了一系列的改革措施，力争打造一支团结紧张、严肃活泼的高素质队伍。从第十届开始，新队员会在军训中单独进行训练，在更高的标准、更严的要求下练好每一个动作、定好每一个姿态。从第十一届开始，国旗护卫队将开始实行预备役制度，新入选的队员将有一年的预备期，之后才可以正式交接军装，成为正式的队员。此外，国旗护卫队还在试训考核中加入有关《国旗法》等考查国旗常识的笔试环节，将爱国教育融入"从面试到入队"的全过程中。

从第九届的 34 人、第十届的 49 人，到第十一届预备役的 52 人，规模不断壮大的国旗护卫队也在不断前行中练就过硬本领，力争成长为法大的闪亮名片。

"不忘护旗初心　赓续军旅血脉"

你的初心是什么？你想在国护收获什么？这是在面试第十一届国旗护卫队预备役时最常提及的两个问题，也是每一个国护成员心中早有答案的问题。

当被问及加入国旗护卫队的初衷时，队员们的回答各有千秋，却又

不离其宗。加入国旗护卫队是牛钰良从高中时就有的梦想，但身高的限制让她抱憾三年，在法大，她用自己坚定的意志拥有了这个圆梦的机会。从外公到父亲，李科宏生在军人之家，加入国护让生长在部队大院的他有了"家一般"的归属感。成为军人是孙宇骜一直以来的目标，加入国护队也让他感受到了部队的氛围，离自己的军旅梦更近一步。

对于更多的国护队员来说，除了真实地感受到军队的氛围之外，他们更在彼此的陪伴中赓续军旅血脉，传承国护精神。国护的骨干成员大部分是退伍大学生，加入国护让他们心中的军旅之火得以延续，也让退伍后的大学生活更加丰富多彩。而更多的队员也在他们的感染下埋好参军的种子，又在一个个军旅生活的故事中让种子生根发芽，带着国护塑造的优秀品质走入军营。

　　"国护在塑造我们，我们也在塑造国护。"从第一届到如今的第十四届，从国防生到非国防生，变的是时间，不变的是国护"热爱国家、热爱集体"的精神。一届又一届的国护队员从国护走向军营，开始自己的绿色人生；又有一批又一批的退伍大学生选择加入国护，续写新的国护故事。

金色的阳光铺满宪法大道，

嘹亮的歌声响彻法治广场。

国旗台上，五星红旗迎着风自由飘扬；

升旗台前，国旗护卫队的成员雄姿英发。

这面红旗，有他们的保卫；

五星红旗，也将由我们共同守护。

后　记

从写完自己的最后一篇"正能量"至今，两年有余，完成了从故事的记录者、讲述者，到旁观者、阅读者的身份转变。

但自我的内心追问却未曾停止——在这个流量为王的时代里做"正能量"还有意义吗？从不否认，"正能量"没有太多的流量，也没有太多波澜起伏的情节，就只是一杯平淡的"白开水"。回过头来看，遗憾是它，也幸好有它。

其实，我也无法给出答案。不过我常常提醒自己，请永远相信真实的力量。回归"记录"本身，记录身边平凡但却不平庸的普通人，记录被忽视的但却熠熠生辉的璀璨瞬间，记录不知所起但却直达内心的感动，这些不正是"正能量"正在做的吗？

不要过分在意意义，不用害怕没有意义。真挚而勇敢地去看世界、记录美好、传达感动。

——法学院 1701 班蒋恩第

"CUPL 正能量"已经走进了她的第十个年头，第 5 辑纸质书籍即将付梓出版，我忽然有一种时光飞逝的实感。我在这本书中留下的文字，大多是在大三完成的，能在这里继续遇见很多美好的故事，是一件幸福的事。书中记录的"正能量"是多面的，"CUPL 正能量"至今已经报道超过250位主人公，一次次对话交流、一次次书写记录，那些引导人向上、向善的能量是共通的，并且可以在校园中生生不息，这是令人欣喜的。不同的轨道都能通向更好的方向，倾听千万种声音，记录下这些珍贵的瞬间，本身就有了不起的意义。

我时常觉得成为校园记者是四年生活中很重要的一件事。在生活中观察、在记录中思考，我们在寻找优秀榜样的千万种模样，也在自塑精神的原野，寻找自己的坐标。十年是一个节点，十分幸运的便是在其中留下了一份足迹，收获过很多感动。期待未来会有更多人去发现、书写、传递这份美好，更重要的是我们可以在寻找榜样光芒的同时，发现自己的光亮。

——人文学院中文1801班冯思琦

已经很久没写与"正能量"相关的东西，对它的记忆还停留在冬日的三时茶二楼，踩在 ddl 的钢索上赶稿，眼看着字数不断逾越"红线"，却怎么也压不下去，总觉得如果删了就"对不起一块聊了一整晚的师兄和师妹"——我希望把自己在那个晚上所感受到的热切、热忱、热爱，原原本本地转达给更多的人。所幸有很好的师姐，在听到我的理由后将原始稿件交给了老师，即使这篇是从形式上看起来就非常"离经叛道"的"正能量"。

在联系、采访、写作"正能量"的两年间，类似的时刻有很多，虽然期间也有很多冲突、矛盾和郁闷，但站在时间的尾巴上往回看，留下的都是零碎但美好的片段。第一次作为小部员跟采访，听采访对象描述"远山上的雪线""无法阻挡两颗年轻的心的严寒"，我的思绪也随之神游天外，也让刚入校的我隐约感受到：大学并不只这一方小小天地，围栏之外亦有广阔山河，大学还有很多可能，"人生是旷野而非赛道"。随后，是奶奶与孙女相聚法大的传承、两次参加阅兵仪式的朋辈、将摄影作为一种生活方式的师兄……每一次与这些"正能量"人物接触，都是一次重新认识周围人，并重新定位自己的过程。每一个"正能量"人物都有其独一无二的经历，正如我们一样。我不愿将他们捧上"神坛"，我相信他们也不希望被标签化为"榜样""标杆""模板"，而更多的是将"正能量"视为一个分享自己在某段人生旅程中独特经历的平台，让低头走自己路的我们，也能"拥有"不同的经历、"看到"未曾涉足的那条路上的风景，然后回过头来，继续走好自己脚下的路——这才是"正能量"之于我的含义。

时至今日，"CUPL 正能量"这个栏目已创立 12 年，发文 300 余期。在这十年间，"正能量"这个语词的含义或许已更迭了很多次。但我想，经由一位又一位采写者、一代又一代法大人所传承的初心始终没有改变。两年前我曾经写过：不必仰望，榜样就在身边，看看周围的"你我他"，你的舍友、我的同窗、他的社团伙伴，这就是我们寻找的"正能量"——那些不平凡的"寻常事""普通人"，如今看来依旧是我心中对"正能量"的界定。希望今后，有更多真实的、丰富的、美好的"正能量"人物带着 ta 们的故事在法大留下自己的足迹，将属于法大人的回忆注得盈满。

最后，祝"CUPL 正能量"越来越好。

——法律硕士学院 2203 班徐菡蕊

说起来惭愧，大二做部长时才带着好奇开始了"正能量"的写作，从不敢写、不会写，到短期内快速成长为可以指导写作的部长，很开心、很幸运遇见这几位同事，也很感激部员们都这么善解人意，包容着这个似乎不太靠谱的部长。如今四年本科生涯即将结束，又迎来了"CUPL正能量"第5辑的出版，似乎也给这几年的写作留下了一个圆满的句号。

如果说我从采访的"正能量"人物身上学到了什么，那么我觉得是一种向上的能量。比如说，我是一个不爱运动的懒人，上个体育课都要找最能划水的课，更遑论体育社团和比赛。可是，当我采访运动类的正能量嘉宾时，我感受到他们在源源不断地给我输送力量。从羽毛球小将，到法大女足，再到法大羽协，我深切感受到每一位采访嘉宾对于体育的热爱，这是他们引以为傲的勋章，这是他们再苦再累也没有怨言的梦想。于是，关于刚进大学时我在思考的一个问题突然有了答案——该怎样度过大学生活才不算遗憾？体育是他们的答案，那我的答案便是正能量。后来，随着接触更多的题材，另一个问题也逐渐有了答案——"正能量"该寻找怎样的人？那便是能够由内而外散发能量、能够给别人带来答案的人。

聆听、记录、选择、编辑……能量便蕴藏在这些日复一日的工作中，有了能量，便有了对抗任何不确定性的力量。

如今"正能量"第5辑即将出版，篇篇翻过来都是一次又一次生动的回忆。希望"正能量"不止带给我这份能量和答案，也能让更多的法大人见证这份能量，让更多的法大人能够找到他们自己的答案。

——政治与公共管理学院公共事业管理1901班李梦瑶

忽然听到"正能量"第5辑即将出版的消息，我心里升起一种恍若隔世的感觉。大学两年的"正能量"生活，原来确已落下帷幕，而这后记，也会成为一届人"正能量"的暂告结尾。

从第一次提笔到最后一次落笔，我始终对正能量的写作怀有一种敬畏的情感。我时常在想，"正能量"想让人们看到的到底是什么。是一种对于优秀的赞美吗？抑或是对于执着、自律、乐观、热爱这些众所周知的美好品质的赞美？

在无数个日夜里，我曾凝神皱眉，对着写好的稿子敲敲打打，改了又删，删了又改。在每一次采访、架构与撰写里，我们竭尽所能地挖掘当事人最真实的情感与意志，试图在繁杂而表面的事件背后勾勒出一个鲜活而真实的、平凡而又不平凡的普通人。我们从生活百态的缝隙里，近乎执着地寻找着细碎的精神闪光点。

很多人曾和我说过，看着别人光鲜亮丽的生活，不仅不会让他们升起敬畏追寻之心，反而会觉得自己狼狈不堪，让人感到自卑与痛苦。或许，我们总能从"正能量"的文章中寻找到社会赞扬的精神品质，仿若我们的所有书写都是为了赞美这些品格。但事实上，"正能量"不是光鲜亮丽故事的堆叠品，而是包含万千生活的品鉴册。"正能量"描绘的，是每一个平凡的人与每一段平凡的故事。

"没有一种生活是不值得的"，这才是"正能量"想传达的情感。"正能量"是赞美，是对每一种生活的赞美，是对每一个平凡的人的赞美。它给予我们一种力量，一种去接纳的自己生活，去接纳自我，去肯定自我的力量。

"正能量"，应谓之给予人以正能量，而非张扬他人之正能量。

——政治与公共管理学院政治学与行政学 1901 班秦新智

在收到师姐的消息后，我仔细回想了我与"正能量"第一次"见面"的场景——找到当年通讯社的禁水群，把聊天记录拉到最顶端，是 2020 年 10 月 27 日，采访对象是佟泽鸿师姐。那次采写需要两位同学，而我并不是最早回复领下任务的前两位。或是感到新鲜，或是对佟泽鸿师姐的崇拜，我点开了元嘉师姐的聊天框，询问能否破例再加我一个。答案自然是肯定的，通讯社一直都是令人向往的"有求必应屋"。就这样，我第一次去到三时茶讨论采访提纲，第一次在线上与正能量嘉宾聊天，第一次走进了"正能量"的世界。一晃两年多过去了，"正能量"也从当时的第 225 期走到了第 275 期。点开"正能量"的专属文件夹，从素材报送到采访记录，从一稿二稿三稿到终稿，日期记录着我在"正能量"栏目的每一个脚印。

在这里，我曾因联系不到采访对象而焦虑，也常因词不达意而懊恼，但种种情绪都随着最终的定稿而烟消云散，驱逐它们的，是"正能量"人物的"光"。在开学初的某次答辩中，评委老师问道："做了这么多访谈，令你印象最深的是什么？"在那一瞬间，所有的采访画面涌入脑海，我似乎无法从中挑出所谓的"最深"的印象，因为我清楚地记得每一个场景：无论是在线上聆听退伍师兄的军旅故事，还是在阴雨连绵的那个下午感受"薪火"的温暖，抑或是于家中间接地体验冬奥志愿者们的生活……它们带给我的绝不只是文字与声音，更是向上奋发的力量：我们平凡但绝不平庸，每一个人都能发出属于自己的光芒。而正能量，就是"发现光、追随光、成为光"的地方。当然，紧急之下，我只能着重讲述了我参与的最后一次"正能量"访谈。现在想来，印象最深的，或许是我输入法的记忆：输入"CUPL"，后面便紧跟着"正能量"。我与"正能量"的故事，区区几百字的讲述自然是不尽意的，但仍很庆幸能有机会再次写下这三个字。

"新的一周，从'CUPL 正能量'开始！"愿你我，每一天，都能充满"正能量"。最后，也祝"CUPL 正能量"十周年生日快乐！

——民商经济法学院 2005 班杨淳

　　我从没有想过有朝一日自己的文字会给或者能给这方校园留下什么，不过若是真要论起这些文字的意义，却也是我大学时光里为数不多能引以为傲的了。恍惚两年时间已过，工作时的点点滴滴还是涌上心间，提笔之时，反倒似千言万语哽在喉间，理不清头绪。

　　"正能量"的写作绝不是一件易事：作为一名记录者，最有必要客观真实地记录他们的故事、他们的感情；作为一名传播者，最有必要真诚地发掘故事里最美好、最鼓舞人心的那些瞬间；作为一名作者，则最有必要理解，什么是正能量？

　　这个问题始终伴随着我，或许也因此，正能量是我的工作，也成了我的修炼。每次从选题到采访再到成稿的过程，都如同在经受一轮洗礼。面对不同的嘉宾，我们听到的是一段故事，写下的则是一种态度、一种生活态度、一种人生态度。"正能量"历经 12 年，共 300 余期，留给读者的，有潇洒、有执着、有奉献、有担当，但更多的是希望读者能在这些故事中寻得属于自己的方向。尽管每个人的道路不同，但是每个人总能够在"正能量"的故事里发现自己的影子，望见未来的自己。衷心希望读者能通过这些文字，在迷茫时找到方向，在疲惫时获得力量，在困顿时感到希望。

　　最后，也循此良机，祝"CUPL 正能量"十周年快乐。

——民商经济法学院 2008 班董奕航

　　在我的电脑里，有一个叫作"作品"的文件夹，里面分门别类地存放着各种稿子，我认为其中最有含金量的就是我参与过的每一篇"正能量"。于我而言，"正能量"就像是一扇窗，我从中窥到各种各样不同的人生，并从中学到许多；"正能量"也像一盏灯，为我点亮大学生活的种种可能；"正能量"更像一本书，你永远可以从中找到前行的力量。回想成为校园记者的初心，就是想要用文字来传播真实、传递温暖。现在回过头看看每一篇"正能量"，我仍然能接收到字里行间传来的那份感动。

和写新闻的紧张不同，"正能量"的节奏是非常松弛的，我和嘉宾常常一聊就是一两个小时。在我看来，"正能量"更像是一面镜子，反映出的就是嘉宾在写作者心中的投影，只有深入地了解每一位嘉宾，慢慢摸索他背后的心理动机，才能让大家觉得我们在塑造一个真实的人。但如何在最短的篇幅内完整地讲述一个故事，每次都会让人十分犯难，常常是为了某个情节的去留展开辩论，每一稿"正能量"也在不断地修改中变得可经时间考验。

每一篇"正能量"发布后，我是很忐忑的，怕大家在碎片化的时间里草草略过，怕大家看不到文字背后的那些温暖而闪光的瞬间，怕辜负了每一位嘉宾的真诚和努力……还好，绝大多数时候我们都能收到正向的反馈，那些夸奖的话就是我的高光时刻，所有的付出在那句"写的真不错"中都得到了肯定。

五湖四海、从北到南，心中火焰跳动、眼中星光闪烁、脚下步履不停，这正是每一位追光而行的法大青年的闪亮之处，而踔厉奋发的他们也是这个学校最可爱的人。我希望借助"正能量"这个栏目，用真挚的文字打动更多人，让大家看到法大、看到真实、看到人生的光。如果我的文字能够为一个人带来一些思考，那么这篇文章就是有价值的。

2022 年是"正能量"十周年，从第 1 期到如今的第 302 期，我们正在看着"正能量"人物走向更广阔的天地，而正能量这个栏目本身也随着一篇篇高质量的稿件而日臻完美，我常常会想，到那时又是怎样一番光景呢？

——商学院经济 2001 班王轶尧

虽然作为小记者已经离开通讯社很久了，但当我再次收到"正能量"后记的约稿时，曾经为它思索、为它书写、为它谋篇的记忆又如潮水般涌上心头。我在这里铭刻初心，时时提醒自己去观察、去记录、去回望、去分享。我在这里近距离接触校园中独特的个体，或志于学、敏于行，或乐于探索、忠于热爱。我在这里存储每一刻触动心灵的瞬间、每一丝耀眼夺目的光芒、每一件让人热泪盈眶并回味良久的事。

从采访者、记录者和文字编辑者的角度来看，"正能量"之所以名为"正能量"，不仅在于每一个被采访者所散发的高能量，也在于那一群永远在普通而不凡的校园生活中寻找能量、追逐阳光并期盼着传递温暖与热度的正能量书写者。他们，或者说我们，是"正能量"永远的核心和能量凝聚者，是"正能量"记录并传递一个又一个故事链条中最关键、最不可或缺的一环。因为没有初心便没有动力，没有发现美的眼睛便没有触动人心的故事和难以磨灭的印记。

作为撰写"正能量"的通讯社人，我将永远为它雀跃、为它喝彩、为它的每一篇稿件送上最诚挚的问候和祝福——那是我踏入校园之初便以满腔热情、饱含期待、坚定选择的地方，是我和许多家人般彼此陪伴和支持的通讯社人一起撰写稿件、分享生活并相互取暖的港湾。

我是在路上看到一朵野花也会驻足的人，因此很幸运在这里遇到了在茫茫人海和纷纷琐事中也不急着赶路的、最可爱的人与我同行。

——人文学院中文 2001 班张宇圻

我们所向往、崇敬的善良和高尚，都可以从"CUPL 正能量"中找到。法大的同学们，鼓着劲，咬着牙，用朴素的赤子之心开拓自己的天地；在五味杂陈的人间沉默地努力着，用热忱与激情面对生活中的一切。而采编部的同学们用文字将法大同学们的美好瞬间记录成为闪闪发光的记忆。好似一簇明火，燃烧着，用文字点亮法大同学的心。这世上有很多东西可以果腹。这世上有很多东西可以果腹。但茶不一样。湖水不能泡，会浊；井水不能泡，会辛。只有山泉入茶，才清洌甘甜。"CUPL 正能量"正如清洌的山泉，用清爽的文字带着我们去寻找勇气与温暖。

如今"CUPL 正能量"在代代传承中已经出到第 5 辑，我可以在"正能量"的故事里聆听法大学子的故事、感受文字的力量，也可以从一篇篇精心打磨的文章里窥见采编部对文字的热爱与追求。

校园的同学们来来去去，而"CUPL 正能量"作为纽带联系着每一位法大人的心，愿这份能量代代相传，用点点星光照亮法大人前行的路。

——人文学院哲学 2001 班王韵怡

还记得刚来法大不久，我就有幸能够参与对蔡元培老师的采访，通过对采访提纲的打磨，录音稿的整理，再到最后推送的制作，一篇"正能量"终于诞生。"正能量"为我们提供了一个窗口，去发现身边闪光的人们。我很荣幸曾作为一名记者，参与"正能量"的创作过程当中，让身边的"正能量"被更多人发现。在量化的标准逐渐成为衡量大学生活的标尺的今天，"正能量"成为一种宝贵的提醒，在读者偶然点开的瞬间，告诉我们优秀并非只有唯一的标准。"正能量"为我们展示了小小法大校园中，生活的无限可能，正能量故事的主角们优秀但不遥远，他们和我们身处在同样的时空，分享着共同的记忆，怀揣着共同的希冀，在他们身上我们或多或少能发现与自己的重合，"正能量"传递的正是这般鼓舞人心的激励。因此，"正能量"正是通过讲述身边人的故事，带给大家感动与鼓舞，鼓励大家追求自由的生活。"正能量"第 5 辑即将出版，祝"正能量"越来越好！

——王鹤霖

伴随着年岁的增长，附加于写作外的枷锁似乎越来越多，接踵而来的繁杂事务也让记录的欲望日益下降。仔细回想，"正能量"几乎是大学期间留下的为数不多的关于文字的记忆。那段时光，尽管已过将近两载，至今想来，依然觉得怀念。

"正能量"是什么？对于这一问题，或许每个人给出的答案都不太一致。于我而言，以一个日常化的生活场景比喻，大概就是阳光散落于世界而被人感知、追逐。在接触泽鸿师姐之前，关于她，我能想到的几乎都是一个个厉害的头衔与奖项荣誉，听起来令人艳羡却也有些遥不可及。然而通过"正能量"的采写，那些闪亮的标签忽而化为一段段真实鲜活的经历、无数次迎难而上的坚韧以及日复一日、披星戴月的坚守。在那一刻，我真切地感知到"正能量"所传递的能量与勇气所在。

文字的力量来源于感召，以他人之故事经历给读者重新出发又或是坚定向前的勇气与力量，我想这是每一个我们真诚写下这些文字的原因。细数往昔，我为曾陪伴"正能量"走过一段不长不短的时光而由衷感到幸福。

最后，祝"正能量"十周年快乐！期待下一个十年中更多关于热爱与成长的故事。

——政治与公共管理学院国际政治 2001 班招咏言

在完成上面足足四届正能量记者的后记收集之后，我把自己原来的后记删除掉，决定重新敲一份。这个瞬间有点奇妙，对于我来说又是那么意义非凡。闭上眼睛一小会儿，想起来的却是一次"正能量"改稿：改到第八稿的时候，我看着老师发来的依然满屏的行文思路方面的修改意见，对自己产生了怀疑，直接把整篇文章删掉重新敲了一篇（当然，后来为了确认细节又从备份、微信记录里各种找回，属实有点狼狈）。

后记，意味着我们完成了回顾两年多来 50 组校园人物的故事；第 5 辑，意味着正能量穿过时光和人潮走到了第 10 年的光阴；"CUPL 正能量"，意味着什么呢？

第一次采写"正能量"是在 2019 年 10 月 17 日，我和郎哥、小林跟着 47 师姐和水娃师兄来到学活一楼团宣门口的大桌子上等着，看着师兄师姐把水摆好、把打印好的提纲分给我们，然后 47 师姐打开她贴着粉色兔子的电脑。我没有想到 10 月的北京已经这么冷了，只穿了一件白色的短袖雪纺衬衣和一条黑色毛线裙，感觉手心有点发凉。很神奇的是，最近一次采写"正能量"（不算旁听的严格意义上参与采写、审校）也是在深秋，2022 年 9 月 30 日晚上，我带着继裕师弟、周墨妹妹和佳鸿妹妹，在学术报告厅采访 12 位秋季退伍回来的大学生，也是穿着一件短袖雪纺衬衣，距离第一次，几乎是足足过去了 3 年。我不断暗示或者明示鼓励师弟师妹们发问，然后试图提问到两排各个角落的嘉宾，不时扫一眼提纲、看一眼时间……时光好像推着我们成长，但是每一个和嘉宾畅聊的时刻都让我逐渐放松，在他们的故事里发现一些永恒不变的东西。

比如好奇。李泽锋不满足于"玩相机"，偏要钻研光影背后的席位构建。

比如勇敢。魏家营的村口，包欣艳守护着疫情下小村的安康；尚且斑驳的法大，刘淑环鼓舞同学们参加从未听闻的建模比赛，

比如相信。"核心关节"的努力，是让二十二方阵安心的底气。

比如梦想。阿卜杜每用民族语言翻译一句法条，心中的法治家乡就会清晰一分；刘煜成在褪去荧幕光环后，依然是那个法律少年；罗帅为了让更多灵魂自由绽放，用教育灌溉每颗心。

比如爱。梅三 114 的六个姐妹已经毕业，却依然出现在彼此的朋友圈里；每年的迎新志愿者与新生未曾谋面，却似久别重逢……

成长于正能量之下，从"通讯社"到"采编部"，每一名记者，都有独一份的细腻柔软，也有同一份的炽热愿望。把他们每个人的故事、我们一起的故事写下来，一定都会是致我们相伴时光的一封热烈情书。"能写出'正能量'的人，自己也一定是'正能量'。"即使自己也有繁重的课业、丰富的课余爱好、许多思念却又来不及联系的友人，我们依然愿意将时间优先花在搜寻嘉宾信息、联络邀请、撰写提纲、采访交谈以及最为漫长和五味杂陈的修改中。文字的力量，不仅可以把故事讲到法大青年眼前，更可以把这些闪光的品质镌刻进我们心里。第 5 辑"正能量"即将付梓出版之际，我看到经历过那么多稀松平常或是激烈碰撞之后，大家都是如此面带平和微笑地看着她，突然终于明白了正能量的意义：她让我们都相信相信的力量，梦想梦想的未来。明天的世界不一定足够明媚，但今天的我们，已经足够勇敢。

——政治与公共管理学院国际政治 1901 班杨豫